目次

第1R『オタクで何が悪い⁉』

「うわーーーーーーーーーーーー‼」

　頭にはバンダナ、上着はチェックのシャツ、下はケミカルウォッシュジーンズで、手にはオープンフィンガーグローブ。背中にはリュック。

　お気に入りのファッションに身を包んだ僕、佐々木小太郎《ささきこたろう》は、奇声が出るほど急いでいる。

　今日は絶対にはずせない大切な日なのだ。何でそんな日に限ってミコちゃん目覚まし鳴らないんだよ～。そんなツンデレいらないよ。

　おっと、説明しよう。ミコちゃんとは、宇宙からの侵略者とダンスで勝負をし、地球を守るアニメのキャラクターだ。自分に厳しく、人にも厳しい。常にツンなのに、オタクの主人公には優しくデレデレ。あり得ない設定と分かっている。でも主人公と自分を重ねてしまうのだ。あー優しくされたい。想像するだけで、もうたまら～んのである。

　そのミコちゃんの猫なで声で起こしてくれる目覚まし時計は僕の宝だ。その目覚ましが、なぜか今日は鳴らなかった。今日だけはミコちゃんを憎んだよ。

ハァ、ハァ。胸が苦しい。酸素が足りない。駅まであとどれくらいだろうか。こんなに本気で走ったのは、小学校の運動会以来だ。うっぷ。やばい。さっき急いで食べた朝食が出そうだ。走るのをやめ、乱れた息を整える。

やばい。胃ごと出てきそうなこの感覚。もうダメかもしれない。本格的に出そうだ。地面に座り込んだ。苦しくて涙が出てくる。目の前にあるすべてが涙で歪む。駅に向かう人達が僕を避けるように追い越していく。顔はたぶんこっちを見ているだろうな。目はいつものように汚いものを見るような冷たい目に決まっている。なんでオタクってだけで、腫れ物を触るように扱うんだろう。ほとんどのオタクは、自分の意思で自分の好きなことをやっているだけ。悪いことは何もしていない。好きなことをやって生きていることに誇りだって持っている。僕だってそうだ。

ふう。だいぶ落ち着いた。駅まで急ごっと。本気で走るのは無謀だな。はやる気持ちを抑え競歩スタイルの小走りでリスタートした。

駅が見えた。休日の自由を感じさせる色とりどりの服装に身を包んだ人々が目的地に向かうために駅に吸い込まれていく。

「ハァ、ハァ…やっと駅に着いた～。急ぐでござるよ～」

誰にでもなく自分に言い聞かせるように声を出した。と、その時、構内アナウンスが耳に入った。

「ただいま、信号機故障のため、総武線は、運転を見合わせております」

「ええ～！　そ、そんな～。もう絶望的だ…いや！　まだ諦めないですぞ」思わず大きな声が出る。周りの視線が痛い。でもそんなの気にしてる場合じゃない。

タクシー乗り場へ走った。年に一度乗るか乗らないかのタクシーを使うことにした。今日を逃すわけにはいかない。タクシーに飛び乗り、荒い息のまま、目的地を伝える。

「秋葉原まで急いでください！」


二十分ほどで、目的地の秋葉原へ到着。

「まだきっと間に合うでござるぞ」

タクシーを飛び降り目的地へ走り出した。休日のアキバの歩道は、人で溢れかえっている。わちゃわちゃとシューティングゲームの弾幕のような人たちをかわしながら小走りで駆け抜ける。弾幕に当たることなく、無事、中央通りの裏路地にある公園にたどり着いた。

「ハァ。ハァ。間に合ったー」

終了まで時間はまだある……はずなのに誰もいない！

「いない。いない。どこにもいない。まだ終わる時間じゃないのにー。あこたんはどこですかー?」

頭をかかえ、首と目をフル回転して見回すとそこに知った顔があった。アイドルオタクの「@《アット》カイエン」氏だ。ちなみこの名前は掲示板やチャットで使っているハンドルネーム。

「これは、これは、コジロー氏ではないですかー。遅いお着きですな〜」

「COジロー」と書いて「コジロー」と読む。僕のハンドルネームで、本名の佐々木小太郎と、宮本武蔵と戦った剣豪、佐々木小次郎とをかけている。

「あ!　@カイエン氏!　あこたんの撮影会はどうしたのでござるか?」

「いやはや、ちょうど今終わったところですぞ。今日のコスプレは、なんと!　綾波レイだったのですよ!　コジロー氏残念でしたなぁ」

「な、なんですとー!　なんという不覚」

「まあまあ。私が撮った写真でよければ、後でサーバーにアップするから、そんなに落ち込まないで下さいよ〜。にしても綾波レイの生のコスは、よかったですぞ〜」

@カイエン氏の満足そうな笑みを見て、ますます落ち込んでしまった。僕の周りだけ重力が十倍になったように体が重くなり膝から崩れ落ちて地面に手をつく。アニメでしか見ないような、分かりやすいぐらいの落胆。これが自然に出るから周りからはオタクって呼ばれる。

「それじゃ、コジロー氏、私は次の撮影があるから行きますぞ。また、会いましょうぞ」

そう言うと、＠カイエン氏は、飛ぶように走り去った。僕は、落胆のあまり言葉を返すことすらできなかった。

今日の目的は「あこたん」こと「あこ☆」のコスプレ撮影会だった。あこたんは最近、人気急上昇中のコスプレイヤーだ。ＳＮＳに趣味でアップしていたコスプレのクオリティとスタイルのよさが話題となりフォロワーが増え、撮影会をやるまでになった。まぁ、僕はあこたんのフォロワーが三桁の時から目をつけていたんだけどね。

「あこたん」は仲間うちで呼んでいる愛称。撮影会も当初からの常連さ。超人気コスプレイヤーに比べればまだまだ人は少ない。じっくり撮れるのは今がチャンスかもしれないのだ。くぅ。綾波レイの生のコス見たかったー。

「仕方ない…せっかく来たんだ。イオちゃんと一緒にお宝を探しに行くとしますかー」

自分で自分を慰めながら、リュックを手に取り、ファスナーを開けた。宝箱に手を入れるように高ぶる気持ちを抑えつつそっと手を入れイオちゃんを探る。目はアニメキャラのように輝いているだろう。

「ん？　あ、あれ⁇　おかしいなー」

リュックを覗き込んだ。見つからない。今度は頭を突っ込んで奥まで確認する。やっぱり見つからない。

あっ！　思い出した。リュックから首を出し、頭をかかえ思わず叫んだ。

「う、うわ～！　そ、そうだったー！　今日のためにバッテリー抜いて、充電してたんだったー！　今頃机の上で寂しくて泣いているだろうなぁ」

イオちゃんとは、必死にバイト代を貯めて買ったデジタル一眼レフカメラ「EOS」のこと。もちろん泣かない。

「おお神よ！　どうしてそんなにツンデレなのですかー？」

天を仰ぎ叫んだ。人目なんか気にしない。でも道を行く人は誰一人として振り返らない。それがここアキバ。こんな光景が日常として許される世界。そんな自分を開放できるアキバが僕にとっては心地いいのだ。今は二〇一一年。ここ数年でアキバはだいぶ変わったと言われているけど、これからもずっと僕たちオタクの味方なのは変わらないだろう。気持ちを開放したらだいぶ落ち着きスッキリした。膝の土を払い落として立ち上がり、お気に入りのショップが立ち並ぶ裏路地へと向かった。後ろ姿はトボトボというマンガの擬音が見えたに違いない。

もう何時間経っただろう。すっかり日は暮れ、ビルの窓から降り注ぐ明かりと様々な種類のネオンがアキバを照らしている。

「ふう〜。今日はどうなることかと思ったけど、なかなかの収穫があったからよしとしますか〜」

お気に入りのショップの前でつぶやきながら、買ったばかりの小さな紙の袋を出し、ゆっくりと封を開けた。中には二つのフィギュアが入っている。今シーズンの人気アニメ「魔法少女マギド」のフィギュアだ。手に上に乗せると今にも動き出しそうで、ホクホクと温かみを感じた。

「う〜ん。なかなかの出来ですな〜」

フィギュアを手の平にのせ、眺めながら駅に向かう。このひと時がたまらなく幸せ。

「おい！　お前！」

後ろで誰かが気だるそうに人を呼ぶ声が聞こえた。なんだか嫌な予感…自分じゃないことを願いながら、気付いてないふりをして歩き続ける。

「おい！　お前だよ！　お前！」

声は大きくなり、あきらかに攻撃的なトーンになった。これはもしかして…手の上のフィギュアをさっとリュックのサイドポケットに入れ、恐る恐る振り返る。

そこにはアキバには似つかわしくない三人組の男がいた。いかにも渋谷にいそうな、確かBボーイとかって言うんだっけ？

「おっと！　これはこれは。ササオタじゃねーか！」

「あれ？　マサトさん知り合いッスか？」

一人の声に聞き覚えがあった。確か中学校の同級生だ。うっすらとしか覚えていないけど。まぁ思い出したくもない。学校になんていい思い出はひとつもないんだ。

「知り合いっつーか、中学の同級生でよ。こりゃ話はえーや。なぁ、ササオタ」

マサト…そうだ！　中山真人《なかやままさと》だ。ササオタってあだ名を付けた張本人。

「ど、どうも。ひ、久しぶり」

普通に答えたつもりだったけど、声が震えた。

「そんなのどうでもいいんだよ！　ほら！　早く金出しな」

「あ、あの～。お金ないから…ほんとに持ってないから…」

「あ？　なんだと!?　少しぐれえあるだろうよ。おい！」

真人くんはそう言うと、後輩らしき二人に、アゴで指図した。二人はさっと僕の両側につき、ジーンズの両方のポケットに手を入れた。右側のポケットに入っていた財布を抜き出し、中を確認する。

「なんだよ。マジ入ってねえよ」

背が高く黒ずくめの男がそう言いながら少しだけ入っていた小銭を取り出しポケッ

トに入れた。完全に空になった財布を真人くんに投げる。受け取った真人くんは、お札入れとカードを確認する。カードはアキバのショップのポイントカードばかりだ。真人くんは、あきれた顔をし、財布を僕に投げ返した。

「ほんとシケてんなぁ。仕方ねぇ。その中のもんだせよ。ゲームソフトとか入ってるんだろ。売って金にすっからよ」

真人くんは、すっと僕の前に立ち、肩ごしにリュックに手をかけた。この中には今日一日の成果がずっしりと詰まっている。真人くんからみるとただのガラクタかもしれないけど、僕にとってはどれもお宝だ。僕はさっとリュックを肩からはずし、胸の前でしっかりと両手で抱えこんだ。そのまま地面にしゃがみ込む。

「なんだよ！　よこせよ！」

その声と同時に他の二人も加わり、三人がかりでリュックを引っ張りはじめた。意地でも離すもんか！

「よこせって言ってんだろうが！」

真人くんのイライラは頂点に達したようだ。右足で僕の太ももを蹴った。それが合図となり、他の二人もでたらめに蹴りはじめた。

「オラッ！　ゴラッ！　オラー！」

怒号と蹴りが飛び交う。何度も何度も。僕はリュックと頭を守るために、亀のように地面に丸まった。それでも蹴りは止まらない。

「ちぇっ！　このオタクが!!　今度会ったら覚えてろよ！　おい！　お前ら、もう行くぞ」

しびれを切れしたのか、真人くんは、諦めてアキバの裏路地へと消えていった。去って行く足音が遠くなってから、僕は、恐る恐る顔を上げた。

「ふう～。助かった～。誰一人として連れて行かれなかったよ～」

リュックをギュっと強く抱きしめ、中のフィギュア達を思い返してほっとした。今日はほんとうにツイてなかったなぁ。

はやく家に帰ってアニソンでも聞きながらみんなと話でもしますか。みんなとはもちろんフィギュア達のこと。もうすでに僕の頭の中は、妄想の世界でいっぱい。さっさと帰ろうと立ち上がった。

「痛っ!!」

蹴られた足が痛み、うまく立てずしりもちをついた。一気に現実に戻される。目頭が熱くなってくる…。

「泣いちゃダメだ。泣いちゃダメだ。漢が泣いていいのは、大事なフィギュアを失ったときだけだ！」

自分に言い聞かせ、涙をこらえる。

その時、目の前を天使が横切った。アキバのビルの光に包まれ輝く天使。「あこ☆」だった。

今日アキバに来た目的はこの「あこたん」こと「あこ☆」の撮影会だったのだ。撮影会に間に合わず会えなかった反動と身も心もボロボロになっていた僕には、あこたんが光を発して輝いているように見えた。

「あ、あこたん！　て、天使だ。まさしく天使だぁ！」

僕は、痛みも忘れすくっと立ち上がった。気がつくと無意識のうちにあこたんの後をつけていた。

後をつける。これはオタクの中でもタブーで決してやってはいけない行為。分かってはいるけど、この日は感覚がマヒしていた。

我に返ったのは、荻窪駅に着いたときだった。

「ここは…？　荻窪駅？　あこたんの家って確か埼玉ってブログに書いてあったよなぁ。な、何か臭いますな〜。これは事件の予感ですぞ！」

自宅に向かっていないことが分かると、少しだけ残っていた後ろめたい気持ちがすっかりなくなっていた。見つからないように、かつ、堂々と後をつけた。

歩くこと十分。ある建物にあこたんが入っていく。しばらく電柱の陰から建物を覗き、出てこないことを確かめると小走りでその建物の入り口へと向かった。

あこたんが入った建物には『彗星ジム』と書かれた看板がある。間違いなくここに入っていったと思うんだけど…。ジムって書いてあるけど、普通のスポーツジムとはなんだか様子が違うようだ。

「彗星ジム」と書いた看板がある建物を一望すると、腰ぐらいの高さに小さな窓を見つけた。あそこから中が見えそうだ。そっと中を覗く。

あれは？　リング？　リングが見える。サンドバッグも吊るしてある。ボクシンググローブもいっぱい置いてある。ってことは、ここはボクシングジム？　あこたんは、本当にここに入ったのかな？

半信半疑のまま色んな角度から中を見ていると、ノースリーブとショートパンツ姿のあこたんが、奥のロッカールームらしい部屋から出てきた。手にはバンテージとボクシングシューズを持っている。

「あ、あこたんだー!!　こ、これは、スクープですぞ！　まさかあこたんがボクシングをやってるなんて！　しかもそれを目撃できるなんて！　な、なんという幸運。あこたんのボクシング姿かぁ。う、う、うわ〜い！　なんとも萌えーなシチュエーションですな〜」

膝を地面に突いて、天を仰ぎ歓喜の声を上げる。雲一つない夜空に浮かぶ星たちが、光を射して一緒に喜んでいるように見えた。

そ、そうだ！　カメラを取り出そうとリュックに手を突っ込んだ。同時に絶望が押し寄せた。

「そうだった…カメラ、忘れたんだった…おお神よ！　どうしてそんなにツンデレなのですかー!?」

再び膝を地面に突いて、天を仰ぎ叫んだ。まさに天国から地獄。先ほどまで見えていた星たちの姿も見えなくなっていた。道を行く人々の怪訝そうな顔が目に入りゆっくりと立ち上がる。

とその時、

「どうも。こんばんはー」

後ろから誰かに呼ばれた。さっきのアキバでの嫌な記憶がよみがえる。恐る恐る振り返ると、そこにはジャージを着た、満面の笑みの男の人が立っていた。

「ボクシング気になりますかー？　よかったら、中に入って見学していいですよー。大丈夫。怖くないから。さぁさぁ、どうぞ、どうぞ」

男の人はそう言いながら、僕の手を引いて、中に連れていこうとする。必死に拒んだけど力が強く、引きずられるようにジムの入り口へと向かっていく。

「あ、あの、いや、僕は…」

力を振り絞り精一杯抵抗する。

「あ、そうだ！」

男の人は急に手を離し、まっすぐ背筋を伸ばし気をつけをした。力を入れていた反動で転びそうになるのを耐える。

「紹介遅れました！　私、この彗星ジムでトレーナーをやっております、平田克己《ひらたかつみ》と申します」

「あ、佐々木と申します。いや、そうじゃなくて…」

いきなりの自己紹介に驚き、反射的に返してしまった。

と次の瞬間、すぐに腕をつかまれジムの入り口へと引っ張られる。あー今逃げればよかったぁ…。

そのままジムの中へ引きずりこまれてしまった。

「どう？　怖くないでしょ。このボクシングジムはアマチュア専門のジムだから女性も多いし、明るくて綺麗なのよ」

入り口を入ったところで立ち止まり説明をはじめた。確かにイメージしていたボクシングジムとは違って綺麗だった。汗臭いイメージだったけど臭くもない。どこからか女性のいい香りがするぐらいだ。

「は、はい。確かに綺麗です」

気の入ってない返事をしながら、ボクシングジム全体を見渡す。男女合わせて十人ぐらいの様々な人が練習をしていた。男女比はちょうど半々ぐらい。その中にバンテージを巻いて、ボクシングシューズを履いたあこたんの姿があった。スラッとしなやかな体は、可憐で華麗で香りのよい一輪の花のようだ。ついつい見惚れ、固まってしまった。

それに気付いた平田と名乗る男の人は声のトーンを落とし、僕にだけに聞こえるよう耳元で話した。

「おっ！　生野《しょうの》さんね。綺麗でしょ。彼女ね、アイドルやってるんだって。まだそんなに売れてはないみたいだけどね」

平田さんの言葉で我に返った。あこたんは、アイドルじゃない！　コスプレイヤーだ。アイドルとコスプレイヤーは、ガンダムとマクロスぐらい違うんだぞ！　頭の中で反論しつつ、ブルブルっと頭を振り、あこたんに視線がバレないように、さっと平田さんの方に向き直った。

「おっ！　いい目してるねー。どう体験してみる？　千円いただくけど。まぁ入会すると入会金から千円引くしお得だよ」

「い、いや。あ、あの、僕は…」

「まぁ、まぁ。すぐに断らないで。とりあえずサンドバッグを叩いてから結論だそうか。気持ちいいから。せっかくだし。ね。」

　そう言いながら、平田さんは僕の手をつかみ、引きずるようにサンドバッグの前に連れて行った。相変わらず力が強い。体は小さく、線も細くて強そうには見えないんだけど。

「じゃあ。まずその手袋はずして、この軍手つけて」

　平田さんは僕のオープンフィンガーグローブを不思議そうに見ながら軍手を差し出して言った。

「軍手?」

　思わず声が出た。軍手ってあの軍手?

「バンテージ、あっ、あのみんなが手に巻いている包帯みたいなやつね。あれ巻くの時間がかかるから体験はこの軍手でやるのよ」

「は、はぁ。軍手でいいんですか?」

「そう。その手袋はダメだけどね。革だけど生地薄いし、なんで手の甲の部分が開いてんの?　ケガするよ」

　そう言われて、自分のオープンフィンガーグローブがなんだか急に恥ずかしくなった。ササッとはずして、背中のリュックを下ろし素早くしまった。すぐに何もなかったかのように軍手をはめた。

その時、リングの中でボクシングの型をするあこたんの姿が目に入った。確かシャドーボクシングってやつだ。その動きはステージを舞う一流シンガーのようだった。ダンスのような華麗なステップで舞っている。ボクシングをまったく知らない僕が見てもかっこよかった。きっとそれなりの練習をしているのだろう。真剣なまなざしで、もちろん僕の姿なんて目に入ってない。その姿を見て、ちょっとだけやる気が出てきた。

「よし。じゃあこのグローブつけて。十オンスだからちょっと重いけど」

平田さんに渡されたグローブに手を入れる。腕のところはマジックテープになっていて簡単につけることができた。何度か握ってみる。

「結構大きくて、重いんだなぁ」

見よう見まねで拳を前に突き出してみる。自分でもなさけないぐらいへなちょこパンチだった。蚊が止まるようなパンチとはこのことだ。軽く十匹は止まっちゃうね。

「ケガしないように、ちょっと大きめにしといたよ。本当はパンチンググローブとか小さいのもあるんだけどね」

そう言いながら平田さんはグローブの全体を確かめるように触る。問題ないようだったようで軽く頷く。

「よし！　じゃあ、早速打ってみようか。佐々木君だったよね？　佐々木君は右利き？」

「は、はい。右利きです」

「よし！　じゃあ。まずは思いっきり右ストレートをサンドバッグに打ってみよう」

「は、はぁ」

右ストレート？　さっきのへなちょこパンチ見てなかったのかなぁ？　目の前のサンドバッグを一ミリも動かす自信がない。

平田さんは、さっと構えて説明しはじめた。構えだけで分かる。この人も絶対ボクシングをやっていた。

「まず、両手を目の高さまであげ、脇を締めて両拳を顔にひきつける。今度は足を肩幅まで広げ、そのまま右足を半歩後ろに下げて、つま先を四十五度、外側に向ける。そのつま先に合わせて体を半身にするっと。これで構えは完成」

説明は長くて分からなかったけど、見よう見まねで構えてみる。

「おおー。なかなか様になってるよ。本当にはじめて？」

絶対お世辞。でもうれしい。

「あ、ありがとうございます。はじめてです。マンガとかアニメとかで見たことはありますけど」

「あははっ、そうかー。確かによくあるな、こんなシーン。主人公はこのあとすごいパンチを繰り出すわけだ」

　その言葉で色々なアニメを思い出し、テンションが上がった。ますますやる気が出た。もしかするとすごい才能が隠されてるかもしれない！

「じゃあ、打ってみようか。左足をしっかりと踏ん張って、右足のつま先で蹴るように腰を回し、その勢いで右腕を伸ばす！　そして、当たる瞬間に拳を内側にひねるように打ち抜く！」

　平田さんが見本を見せると大きな音と共にサンドバッグが大きく揺れた。ギシギシと音を立てて結構なスピードで左右に揺れ続ける。平田さんが揺れるサンドバッグを体をぶつけ抱えるように止めた。

「す、すごい！」

「こんな感じかな。そうだなー、コツは腕の力を抜くのと、嫌いな奴を思い浮かべることかなー。なんてね」

「嫌いな奴…」

　ふっと頭をよぎった。真人くんの顔が。

「おっ！　気合入ったみたいだねー。じゃあ、思いっきり打ってみようっ！」

「あ、はい！　えーっと。左足を踏ん張って右足で…」ブツブツ…。

　平田さんの説明を思いだしながら、反芻して確認する。右腕に力を込めサンドバッグ目掛けて思いっきり拳を伸ばした！

グキッーーーーーーーー!!


大きな異様な音がジムに響き渡った。全員が僕の方を向き、時間が止まったように動きを止めている。ちょっと間を置いて平田さんが声を発した。

「お？」

「あ、い、痛ーーい！」

思わず声が出た。サンドバッグに向けた腕は、手首が見事なまでに直角に曲がり、拳は地面を向いていた。

「だ、大丈夫、か？」

「た、たぶん…」

「シップ取ってくるから、そこのイスに座ってちょっと待ってろ」

平田さんは猛ダッシュでジムの奥の部屋へ入っていった。

僕は手首を押さえ入り口付近に並んでいるイスに座った。

ジムの至るところからクスクスと抑えた笑い声が聞こえてくる。痛い。そして情けない。泣きそうになった。イスに座って下を向いていると視界に誰かの足が入ってきた。平田さんかな、顔を上げる。

「大丈夫ですか？　すごい音しましたけど。タオル濡らしてきたから、よかったらこれで冷やして下さい」

目の前にあこたんがいた。タオルを差し出してる。お、おおお、おおおお！　恐る恐るタオルに手を伸ばした。

「え、あ、う、あ、ありがとうございまっす！」

どもる。声のトーンも変だ。恥ずかしい。

「あのー、あと違ったらごめんなさい。秋葉原の撮影会によく来てくれてますよね？確かコジローさんって、お友達に呼ばれてませんでした？」

「あ、え、あ、は、はい！　佐々木ＣＯジローっていいます！」

「佐々木小次郎？　すごーい。あの宮本武蔵と戦った佐々木小次郎と同じ名前なんですね！」

「いや、あの、本名は違って、小太郎で。で、でも小次郎でいいです！」

「はい？」

不思議な顔をするあこたん。かわええ。

「と、とにかく。ありがとうございます！　これ、洗って返します！」

なんだか居ても立ってもいられなくなって走ってジムを飛び出した。とにかく嬉しくて、でもあこたんにどう接していいのか分からなくて。無敵アイテムを獲得したけど、どこが正しいルートが分からない時のゲームのようだ。とにかく動き回るんだ。

「やった！　やった！　あこたんと話ができた！　それに僕を覚えていてくれたなんて。幸せだー！」

そのままダッシュで駅まで向かいそのまま帰路についた。


「ただいまー！」

ニヤニヤが止まらない。ドアを開けるとちょうど玄関に妹の奈菜《なな》がいて目があった。妹の表情が汚いものを見るかのようにゆがむ。

「ど、どうしたのお兄ちゃん？　いつも以上に…キモい…」

「はっはー、妹よ楽しく生きろよ！」

「な、何があったの？　こ、怖い…。あぁっ、鳥肌立ってきた」

すれ違い様に妹の頭を軽くポンポンっと二度叩き、そのまま小走りで階段を上がり二階の自分の部屋に向かった。

「おかあさーん！　ついにお兄ちゃんが壊れたー！」

後ろで声がする。ほっとけ。

部屋に入るとすぐに鍵をかけた。そして、そして、あこたんから借りたハンドタオルを取り出した。まずは広げてそっと机の上に置いてみる。手を合わせて拝み、両手で天にかざした。

「キ、キ、キター――――！」

歓喜の声を上げた。ハンドタオルを天にかざしたまま、後ろにあるベッドに倒れこむ。倒れこんだ勢いを利用して、目の前にあるハンドタオルをバサッと顔にのせた。鼻から大きく息を吸い込む。あー、いい香りだぁ。これがあこたんの、あこたんのー！　妄想では味わえない香りは、現実と幸せの輪郭をくっきりと感じさせてくれた。幸せを噛み締め目を閉じる。


「う〜ん。まぶしいぃ。あれ？　いつの間にか寝ちゃったのか。そろそろ起きないと…」

日が高い。ずいぶん長く寝てたみたいだ。

「よいしょっと。ん!?　あ、い、痛ーーーーーい！」

体を起こそうと支えた右手に激痛が走った。悲鳴に似た声が響き渡る。

「あ、あああ…腫れてる…。な、なんだこれ？　手首が、足みたいに太くなってるよ。い、痛い…もうダメぽ…」

「どうしたの？　何があったの？」

ドアの外から母さんの声が聞こえた。

それからは母さんの驚く声、バタバタと歩き回る足音と痛みしか覚えてない。気がついたら病院で治療を終え包帯を巻いて帰宅していた。

「お兄ちゃん！　手、どうだった？　骨折？　骨折？」

なんだか楽しそう。むかつく。

「捻挫…」

「なーんだ。でも珍しーいこともあるもんだ。運動しないお兄ちゃんが捻挫なんてねぇ」

そこに洗濯を終え干しに行く途中の母さんが通りかかった。

「小太郎だいじょうぶ？　折れてなくてよかったわねぇ」

「折れてればよかったのに」

「コラッ奈菜！　そんな事言わないの!!」

「ごめんなさーい」

そんなやりとりを聞きながら部屋に戻ろうとした時、母さんが持っている洗濯カゴに目が留まる。一瞬目を疑った。洗濯物の山の中にあこたんのハンドタオルが見えている。

「あー！　あー!!」

「何!?　どうしたの突然大声出して」

「そ、そのタオル！　洗ったの!?」

「え？　これ？　二階の廊下に落ちてたわよ。奈菜のじゃないの？」

「ん？　私のじゃなーい」

「わあーーーーーーーーー！」

　僕はハンドタオルを奪い取るように洗濯物の中から引っ張りだし、走って自分の部屋へ向かった。

「何あれ？　どうしたの？」

「分かんない。なんか変なのよねー。昨日から。あっ！　もしかして彼女が出来たとか！　さっきのタオル彼女からもらったとか」

「ふへっー!?」

「そんなわけないいか」

「ないわよねー」

　後ろからそんな会話が聞こえてくる。うるさいって怒鳴りたい気持ちを抑える。部屋に入るとすぐに鍵をかけ、ハンドタオルを顔に当てた。思いっきり香りを嗅ぐ。

「あー。もうあこたんの香りはしないやー。うちの洗剤の匂いだ。ガックシ。でもいずれ洗濯して返そうと思っていたからちょうどいいか。そうだ！　早く返して、誠意を見せるってのはどうでしょう！　艦長！」

いつもの妄想スイッチが入った。誰にでもなくその場で敬礼する。

「よし！　それで行こう！　第一戦闘配備につけ！」

「はっ！」

一人二役。宇宙艦隊の艦長と隊員。隊員となってリュックにハンドタオルを入れようとしたところで気が付いた。再び敬礼。

「艦長！　残念ながら、まだ乾いてないので出動できません！」

「な、なんだと!?　し、仕方がない。すぐに乾かせ。乾くまで待機だ！」

「はっ！」

僕は敬礼をやめて、窓際にハンドタオルを干した。

なんだか妄想が一気に冷めた。机に座りパソコンをいじる。なんとなくボクシングとググる。ボクシングジムのサイトや、ボクシングの型なんかのサイトを適当に見てまわった。最終的にはようつべでボクシングアニメを見るに落ち着いた。やっぱりアニメが一番分かりやすい。そうこうしているうちに、あっという間に夕暮れになった。

「さてと。そろそろ乾いてますかな？　おっ、乾いてますぞ。さっそく出動しますかー」

艦長の設定は冷めてたけど、出動という設定は気に入った。リュックにハンドタオルを入れ家を出た。向かうは彗星ジム。いざ出動！

日が暮れる前にジムに着いた。以前覗いた窓からそっと中を覗く。あこたんの姿は見当たらない。約二十分ほど見ていたが現れる気配はない。仕方ない諦めるか。今日は帰ることにした。

次の日から僕は毎日バイト帰りに彗星ジムに寄っては、あこたんがいないか確認して家に帰り、帰ってからは、ボクシングのサイトやアニメ、漫画を見まくるという日々を過ごした。こんなにボクシングを見てどうすんだろ。自分でも不思議だった。

そんな毎日を過ごし、彗星ジムにはじめて訪れてから、ちょうど一週間が経っていた。

「あ！　あこたんが、い、いたーーー！　フムフム。この時間にいるのかー。覚えておこうっと。でも、どうしたものか。練習中だし。ここで待ってるとストーカーみたいだし。う〜む」

どうしようか迷う。ジムの周りをウロウロ。オロオロ。そうしているうちにジムの中から男が飛び出してきた。平田さんだ。

「おい！　君！　えっーと。佐々木君だ！」

「あ、ひゃ〜」

反射的に逃げ出してしまった。平田さんが追いかけてくる。

「おい！　待って！　なんで逃げるの？」

「わ、分かりません！」

「ちょっと待ってよ！」

「待ちません！」

「いや、いや。何もしないから！　むしろこないだのこと謝ろうと思って」

「こないだのこと？」

「その手のこと！　大丈夫？」

包帯を巻いた右手首を見た。腫れは引いて包帯の量もだいぶ減った。

「だ、大丈夫です。だいぶ良くなりましたから」

と言ったところで体力切れ。もう走れない。ちょうどジムを一周した辺り、入り口の前で立ち止まった。

「ハァ、ハァ」

「大丈夫？」

平田さんはまったく息が切れていない。

「ハァ、ハァ。なんとか」

「せっかく来たんだし、中で休んでいきなさいよ」

「え？　は、はぁ」

　あいまいな返事したのが悪かった。入る雰囲気になってしまった。渋々平田さんに連れられてジムの中に入る。ジムの中には以前と同じく十人ぐらいの練習生とリングの上にはあこたんの姿があった。

「そこ座っていいよ」

「あ、はい」

　リングの中のあこたんをチラッと確認し、入り口付近に並ぶイスの一つへ座った。なんだか気恥ずかしいというか、あんまりじっと見ちゃいけないような気がした。

「手、どうだった？」

　平田さんの言葉で我に返る。

「えっとー。捻挫でした」

「そうか！　折れてなくてよかったぁ。ほんと悪いことしたねぇ。何かお詫びしないとな」

　平田さんの表情が晴れる。本当に心配してくれてたんだろう。この人絶対いい人だ。

「いえ、お詫びとか、大丈夫です」

　僕の精いっぱいの笑顔で返した。友好的な証。

「そうだ！　今日って、もしかして入会に来た？　それなら入会金はタダにしよう！

どう?」

ん? あれ? 雲行きが怪しい。

「い、いえ、そんな! いいです! いいです!」

表情は引きつっているはず。友好的な表情できず。

「遠慮しなくて大丈夫だから! そうだ! あと、数ヶ月、月謝も無料にした方がいいな。迷惑かけちゃったもんなぁ。ちょっと会長に掛け合ってくるから! そこで待っってて」

おおお? あまりの展開に声が出なかった。平田さんは猛ダッシュでジムの奥の部屋へ入っていった。やばい。このままだと入会させられる…今の内に逃げちゃおう。決心してイスから立ち上がった。と、目の前にあこたんがいた。か、かわいすぎる。クラクラする。立ちくらみじゃないのは確かだ。

「あ、あ、あ、あ…」

声にならない。変な人と思われないか心配。

「こんばんは。手、大丈夫でした?」

「だ、大丈夫です。こんなのたいしたことないです! あ、そうだ! あの、タオルありがとうございました!」

リュックからハンドタオルを出してあこたんに渡す。表情は引きつってるはず。どんな表情していいかわからない。

「ありがとう。そうだ！　ボクシングの試合とか興味あります？」

「えっ！　試合？　出るんですか⁉」

驚いた。自然と声が大きくなる。

「私じゃないですよ！　私じゃないけど、一緒に応援してくれる人を探してるんです」

一緒に応援！　一緒に！　一緒！　二人？　デート？　マジで？

「い、一緒に⁉　行きます！　い、一緒に応援します！」

「よかった〜。はい！　これチケットです。あっ、五千円だけど大丈夫ですかー？」

「えっ？　あ、はい」

チケットを受け取り、リュックの中の財布から五千円を出してあこたんに渡した。

夢のチケットが五千円なんて安いもんだ！

「ありがとうございます！　試合は二週間後の土曜日。そのチケットにある宮本《みやもと》武《たけし》って選手が私の彼氏なんです。今度勝てば日本チャンピオンに挑戦できるんですよー！　一緒に応援お願いしますね」

あこたんは、そこまで話すとさっさと去ってしまった。

頭の中でさっきの言葉を繰り返す。確かに「彼氏」って言った。聞き間違えではないと思う。そうだチケットに名前があるって。宮本武。ほんとだ。書いてある。私の彼氏。彼氏。彼氏…体中の力が抜けた。体が支えきれずイスに座り込む。コスプレイヤーとして人気が出てきたのに彼氏がいるってはっきり言っちゃうんだ…隠していてほしかったなぁ。夢を見ていたかった…もう何にも考えられない。これが放心状態ってやつだ。

ボーッとしているとどこからともなく声が聞こえてきた。いつの間にか僕が座っているイスの一つ隣に休憩にきた二人組の女性が座って話をしている。

「亜紀子さんの彼氏の試合、見に行く?」

「行く！　行く！　だって勝てば日本チャンピオンに挑戦できるんでしょ！　すごいよねー。でもチャンピオンの彼女って大変そう」

ああ。ダメ押し。決定的。

「そうだねー。そうそう。これ秘密にしててね。この前聞いちゃったんだけど、亜紀子さん、彼氏からDV受けてるらしいよ」

「えーっ！」

ん?　いまなんて言った?

「プロボクサーって減量とか大変って言うじゃない。やっぱりイライラして手が出ちゃうんじゃないかしら」

「こわーい。だから亜紀子さんボクシングはじめたのかもね。自分を守るために」

「でも、相手がプロボクサーじゃ、あんまり意味ないんじゃないの？」

「そうだねー。こわーい」

二人組の女性は、肩を震わせ怖いって感じのジェスチャーをしながら練習に戻っていった。

僕の頭の中はもう大変な事になってる。グルグル回って、めまいもする。亜紀子さんってあこたんの本名だったはず。あこたんには彼氏がいて、プロボクサーで、ＤＶを受けている。情報量多すぎ。処理できない。

ＤＶってドメスティック・バイオレンスだよな。手が出ちゃうとか言ってたもんな。彼氏がいるだけでもショックなのに。その彼氏からＤＶ？　しかもプロボクサー。プロボクサーが手を出していいの？　ウソだ。全部ウソって言ってくれ。なんだか体が熱くなる。なのに体の芯は冷えている。

僕は頭を抱え、走ってジムを飛び出した。そのまま駅に向かい、気が付いたら秋葉原の駅で降りていた。

やっぱりアキバは落ち着くなぁ。嫌なことがあった時はアキバに限る。頭は相変わらずぐちゃぐちゃでなんだか夢か現実か分からないような感覚だ。ゲームを十時間ぐらいぶっ通しでやった後みたいな。でも足はしっかりと目的地に向かって動く。お気に入りのショップが立ち並ぶ裏路地へと入った。少しだけ落ち着き頭もすっきりしてきた。

と、その時、後ろで誰かが気だるそうに人を呼んでいる声が聞こえた。

「おい！　お前！」

これは…デジャブ？

「ササオタ！　お前だよ」

ゆっくりと振り返る。やっぱり真人くんだ。この前の取り巻き二人も一緒だ。二人とも黒ずくめで一人は背が高く。一人は身長は低いがガタイがいい。

「お、またコイツっすか？」

黒ずくめの背の高い方が言う。

「前と同じような格好しやがって、どうしてオタってこんなにキモイんでしょうね」

同じく黒ずくめのガタイがいい方が言う。そっちもなんでみんな黒ずくめなんでしょう。とは口が裂けても言えない。

「ササオタ、今日は金持ってるんだろうな」

「い、いや…」

「ちゃんと仕事してんのか？　オタだけじゃ生きていけねぇだろうが。オレ達のために働いてくれよー」

「ははっ。そうだよーオタ君」

三人が声を上げて笑う。乾いた笑い声。バカにするための笑い声。自分の方が上だと優越感に浸る笑い声。声が頭の中でぐるぐる回り始めた。頭は真っ白になり胸が熱くなる。怒りという感情が溢れ出す。もうどうなってもいい。そう思った時には声が出ていた。

「オタクで何が悪い！」

「はぁ？　なんだって？」

「人はみんな違うんだ！　僕は、僕だ。僕は、オタクなんだよ！　オタクで、オタクで何が悪い！」

「なんだ？　開き直りやがったよコイツ。だからどうしたんだよ」

真人くんが鼻で笑う。それでも続けた。

「オタクだって普通の人間なんだよ！　人の冷たい目線とか。分かってるけど…、けど、けど、何も悪いことはしていない！　自分に素直に生きているだけだ！」

オタク仲間の顔が浮かんだ。みんないい人ばかり。なのにオタクってだけでキモイとか変だとか偏見で決めつけるんだ。憤りが胸をつきやぶりあふれ出る。

僕は、両手を目の高さまであげ、脇を締めて両拳を顔にひきつけた。足を肩幅まで広げ、そのまま右足を半歩後ろに下げ、つま先を四十五度、外側に向ける。そのつま先に合わせて体を半身に構える。

「な、なんだよ！　やる気か⁉」

「こいつ大丈夫っすか？　マンガの見すぎじゃないっすかね。本気で三人相手に勝てると思ってんの？」

　黒ずくめのどっちかが言った。もうどっちでもいい。

「左足をしっかりと踏ん張って、右足のつま先で蹴るように腰を回し、その勢いで右腕を伸ばす。そして、当たる瞬間に拳を内側にひねるように打ち抜く」

　平田さんの言葉を思い出し反芻した。といっても平田さんの言葉を覚えていたわけではない。ボクシングアニメでほぼ同じ言葉が使われていた。アニメが先か平田さんが先か。平田さんの言葉がそのままアニメで使われるわけないだろうからアニメが先だろう。切羽詰まった場面なのにこんなことを考えられるオタク脳ってすごいな。我ながら感心。

「何ブツブツ言ってんだよ」

　真人くんのイライラが伝わってくる。肩を怒らせながら向かってきた。怖くて顔を見れない。目線を足元に落とした。足が少しずつ向かってくる。今だ！　腕が届く距離に入った瞬間、思いっきり拳を突き出した。

自分でもビックリするぐらい腰が勢いよく回り、その勢いに合わせて右ストレートが綺麗に伸びた。

「ふぬっ！」

お腹から力強い声が溢れ出た。

「うわっ！」

右ストレートは、真人くんの右頬をかすめた。その体勢のまま、お互い固まった。

静寂。時間が止まったのかと思った。

「あぶねぇ。お前！　ボクシングやってんのかよ。その包帯もボクシングでやったってわけか」

真人くんの言葉で時間が動き出した。

「い、いや。これは」

「ボクシング？　コイツがっすか？」

「でもさすがに三人には勝てないでしょ。やっちゃいましょうよ」

黒ずくめの取り巻き二人が交互に言ながらジリジリと詰め寄ってきた。もうだめぽ。

覚悟を決め、目を閉じた。すると、どこからともなく声が聞こえてきた。

「コジロー氏ー！　大丈夫ですかー!?　今、助けますぞぉー」

@カイエン氏の声だ。おおー。という複数人の声が追って聞こえてきた。オタク仲間数人が、手に木刀や戦隊もののおもちゃの武器やらを持って走ってくる。

「ハァ、ハァ。コジロー氏、もう大丈夫であります。アキバ中から仲間を集めてきたのですぞ」

「な、なんだよ！　コイツら！」

「うわっ！　キメえ。どっから湧いてきたんだよ」

黒ずくめの取り巻き二人が交互に言いながらジリジリと下がっていく。

「みんなで、コジロー氏を守るのでござるよ」

「オオー！」

オタク仲間が僕の前で壁を作る。手にもった武器や玩具やらを掲げている。がどうみても強そうには見えない。

「おい、お前ら、もう行くぞ」

真人くんが黒ずくめの取り巻き二人に向かって言う。

「おう。ほんとなんだよコイツら。うぜーなぁ」

真人くんと黒ずくめの取り巻き二人は気だるそうに駅の方へ歩いていった。その姿を見て歓喜の声が上がった。

「やったー！　アキバを守ったぞー！」

「コジロー氏、すごい右ストレートでしたなぁ。幕之内一歩以上でしたぞ」

「あ、ありがとう！　みんな、ありがと～!!」

ほっとした。体の力が抜ける。今日すべてが夢だったかのようだ。色々ありすぎた。

「じゃあ。これからメイド寿司で打ち上げと行きますかー」

@カイエン氏が持っていた木刀を掲げた。修学旅行の学生が買うやつだ。

「よっしゃー！」

オタク仲間みんなに囲まれ歩き出した。すごく温かく、心強い輪。輪が照らす光は、曇った僕の心を晴らしてくれた。オタクでよかったと心から思った。同時にもっともっと強くなりたい、自信を持ちたいと思った。そのためにできること。頭に浮かんだのはボクシングだった。

第1R『オタクで何が悪い!?』完

第2R『正義の拳』

バイト終わりの五月の夕暮れ。五月って春だっけ？　初夏だっけ？　晴れの日はもう暑く汗がじわっとわき出てくる。いつもなら真っ直ぐ家に帰ってパソコンを立ち上げるんだけど、先週から毎日ある場所に寄っていた。荻窪にある「彗星ジム」。まぁ、寄るというか、様子をみるというか、中に入る勇気はまだなくて、毎日中をそっと見守ってるわけで…でも、今日こそは、今日こそはきっと、いや、絶対に、中に入るのだ。ボクシングをはじめるために。

彗星ジムの入り口の前で大きく深呼吸をして、期待も不安も全部飲み込んだ。よし、中に入ろう！　ボクシングをはじめるんだ。僕にとっては一大決心。

中学校に入学してすぐにバドミントン部に入るも一ヶ月続かず。遊びのバドミントンしか知らなかった僕は、バドミントンならできるかもって甘く見ていた。とんでもなくきつかった。それからは自ら進んで運動をしたことはない。そんな僕がまさかボクシングをやる気になるとは。

今度は予備知識万全。マンガ、アニメ、Ｗｅｂサイト。あらゆる情報を集めてここにいる。きついのは当たり前。さらに痛いという過酷なスポーツだ。

…痛いのかぁ。痛いの嫌だなぁ。きついだけならなんとかなるかも。続くかなぁ。お金もかかるんだよなぁ。う〜ん。ほんとに僕がボクシングなんかできるのだろうか…。

おっと、いつもこうやって逃げちゃうんだ。逃げちゃだめだ、逃げちゃだめだ。

真人くんに初めて立ち向かったあの日、何かが変わった。といっても劇的に変化が見えるもんじゃないけど。なんというか、こんな僕でも前に出てもいいんだというか、主張していいんだというか。うーん、説明難しいけど間違いなく何かが変わった。その気持ちがあるうちに前に進みたい。それがボクシングだったわけで。だからあと一歩。一歩だけ勇気を持とう。それに…、確かめたいこともある。あこたんの事…。もし本当なら、あこたんの前に、前に出るんだ。

思い切って一歩を踏み出し、ジムの中に入った。

「こんにちはー」「こんにちはー」「こんにちはー」「こんにちはー」

十人ぐらいいた練習生の人達が次々と挨拶をしてくる。

「あっ。こん、こんにちは」

挨拶されると思ってなかったー。しゃべるの久しぶりすぎて声が出てない。聞こえたかな？　挨拶できないやつって思われなかったかな。こちらは不安でいっぱいだったけど、みんな気にしている様子はない。すでに練習に戻っている。ゆっくりと見回しあこたんの姿を探した。しかし姿は見当たらない。今日は来てないのかな。

…シーン。あれ？　いつもなら平田さんが声掛けてくるはずだけど…誰も来ない。手持ちぶさただ。どうしたものかキョロキョロ周りを見渡していると、奥からゆっくりと年配の男の人が向かってきた。

「入会希望？」

「は、はい。あの平田さんに以前見学させてもらって。あのぉ、そのぉ」

「そうなんだ。名前は？」

「佐々木小太郎です」

「歳は？」

「二四歳です」

「仕事は？」

「今はアルバイトです」

「どんな？」

「Ｗｅｂの、あ、えと、インターネット系です」

「ＩＴ系ってやつね」

「は、はい」

淡々と、ただ淡々と聞いてくる。この人にとって自分はただのモブキャラでしかないんだろう。

「スポーツ経験は？」

「あ、特にないです」

「ない？　学生時代部活とかは？」

「い、いえ、何にもしてなくて」

「ふーん。趣味は？」

「あ、インターネットとかマンガとかゲームとかです」

とっさに出たけど、この流れで言ってはいけなかったのじゃないかと、言った後に気が付いた。確実にバットエンドへのルートだ。

「なんでボクシングをやろうと思ったの？」

やばい。この質問の回答が一番難しい。答えられず沈黙してしまった。年配の男の人の表情がはじめて動いた。哀れな人をみるような笑み。頭の上から足までをさっと見て顔を上げなかった。百六十八センチ、五十五キロ。身長は高くないし、筋肉はなく細身。色白だし、運動に適してないと判断されたんだろう。

小学生の頃、運動は結構できたんだけど、知らない人からは見た目で判断され、ハブられることも多かった。それから運動することが嫌いになっていったんだ。

「まぁ、やる気なら止めはしないけど、きついよ。月謝も安くないし、よく考えてからにしてね。とりあえず申し込み用紙持ってくるから、ちょっと待ってて」

奥から用紙を持ってきて僕に渡した。言葉はない。そのそっけない態度からとにかくはやくここから立ち去りたい気持ちでいっぱいになった。用紙をもらって、すぐにジムを出た。バットエンドか。ゲームのようにリセットしてやり直すことはできない。学校でも社会でも、オタクっぽい見た目やアニメやゲームが好きってだけで、つまはじきにされる。

自由に羽ばたくことは許されないんだろうか。空を見上げると黒い大きな鳥が三羽ほど飛んでいた。都会では小さな鳥たちが飛んでいるのをあまり見かけない。いつもどこにいるんだろう。

家に帰り着いてからは何にもやる気が起きなかった。目からも耳からも情報が入ってこない。やっぱり僕なんかがボクシングをやってはダメなんだ。もうどうでもいいや。ベッドに横になってもう何も考えないようにした。

こういう時、お酒飲める人はお酒を飲むんだろうけど、僕はお酒が一切飲めない。嫌なことがあったら寝る。寝て忘れる。なかったことにする。いつからだろう。ずっとそうしてきた。今日も何も考えないように深い眠りについた。深い眠りに。

　日常に戻った。バイトが終わると真っ直ぐ家に帰りパソコンを立ち上げる。ネットを見て、飽きたらマンガを読んで、アニメを観て、ご飯食べて、お風呂に入って寝る。朝になったらバイトに向かう。この繰り返し。あれ以来彗星ジムには行ってない。気がついたら、あっという間に二週間が過ぎようとしていた。

　ふと机の上にあるボクシングの試合のチケットが目に入った。なるべく見ないように意識していたが、やっぱり気になる。試合の日が明日に迫っている。

　あこたんからもらったチケット。いや正確には買ったチケット。彼氏の試合のチケット…彼氏がプロボクサーか。彼氏がいるだけでもショックなのにプロボクサーなんて…知りたくなかった…。

　でも、確かめなければいけないとも思う。あこたんはプロボクサーの彼氏からＤＶを受けているらしい。本当なのか。本当なら絶対にやってはいけないことだ。だけど確かめたところで、本当だったところで、僕にはどうすることもできない。それでも…。

「五、五千円かぁ」

　思わず声が出た。情けない。ＤＶを許せないという気持ちだったはずなのに、出た声はチケットの値段。あこたんを助けたいとかよりも五千円がもったいないという気持ちが先に出た。

僕のバイトは、大手IT企業のポータルサイトの更新。時給は千三百円。安くはない。でも五千円稼ぐとなると半日以上働かなくちゃいけない。その思いの方が勝ってしまった。

「もったいないから、見に行くかぁ」

今度はそれを言い訳にして見に行こうとしてる。僕は一体なんだろう。自分でも嫌になる。

でもそれでもいいんじゃないか。何もなかったことにするよりは、自分の足で行動して、自分の目で現実を見る方が。あこたんの彼氏はプロボクサー。プロボクサーがいったいどんなものなのか見てみよう。プロボクサーがDVをするということがどういうことなのか。確かめるんだ、現実を。

胸の奥が熱くなるのを感じた。ネットで動画サイトを開き、好きなアニソンを流した。見よう見まねで覚えたボクシングの動きをやってみる。疲れ果てるまででたらめに。そのまま自然にベッドに横になり、いつの間にか眠りについていた。


気が付くとすでに朝だった。カーテンの隙間から光が注ぎ込んでくる。今日はバイトは休み。ポータルサイトの更新の仕事は年中無休で、ニュースやイベント情報とかがあるから、むしろ土日、休日の方が作業が多い。だからバイトはシフト制。今日のボクシングの試合に合わせて、だいぶ前から休みを申請していた。

本当はそれだけ行く気満々だった。行けば何か変わると思っていた。なのに、まだ迷っている。あこたんに彼氏がいることを目の当たりにする。それもＤＶをする彼氏。初めてのプロのボクサーの試合を見るのが怖くもある。あこたんに会いたいけど、会った時どんな顔をしたらいいのだろう。笑顔が作れるだろうか。ＤＶのことが頭に広がって、気になって、微妙な表情をしてしまうに違いない。考えれば考えるほど頭の中の靄は広がっていく…。この靄を晴らすためにも行かなければいけない。どんな現実であっても、想像と現実の境目がなくなれば、とりあえず靄は消える。たとえそれが知りたくない現実だったとしても。

十七時。後楽園ホール前に到着。試合開始は十八時からだから一時間ぐらい早く着いてしまった。

後楽園自体に来たのも久しぶり。いつだったか、後楽園遊園地にヒーローショーを見に来て以来だ。今は確か後楽園遊園地とも呼ばないんだよな。えっと。遊園地は、東京ドームシティアトラクションズって書いてある。東京ドームができてからこの名前になったみたいだ。この辺り一帯が東京ドームシティって呼び名で様々な施設が併設されている。

訪れている人達もバラエティに富んでいる。家族連れ、カップル、ユニフォームを着た人達も多い。東京ドームで野球の試合があるのだろう。みんな楽しそう。なのに、後楽園ホールの周りはちょっと雰囲気が違う。緊張感が漂い、不安な表情をしている人も多い。気合いを入れている人達もいる。そうか、もしかしたら家族や恋人とか大切な人が試合に出るのかもしれない。どんな気持ちなんだろう。大切な人がリングの上で殴り合う。想像もできない。あこたんも今、不安や緊張の中にいるのだろうか。

ぞろぞろと応援団っぽい人達が後楽園ホールの中に入っていっている。もう開場はしているようだ。距離をとりつつそっと流れに付いていく。

と、後ろからも別の応援団っぽい団体が来て、挟まれて、二つの塊は一つになって、その中に僕も入って、もみくちゃにされて、小さなエレベーターにぎゅうぎゅう詰めにされて、あれよあれよという間に五階に着いた。なんだったたんだ一体…、どっと疲れたよ…。

エレベーターを降りてすぐ、ずらっと並ぶボクサーの写真が目に入った。全員腰にベルトを巻いている。どうやら歴代世界チャンピオン達の写真のようだ。テレビで顔を見たことある人も何人かいる。テレビでは本当に世界チャンピオンだったのか疑うようなことばかりしているけど、こうやって飾られている写真を見ると、チャンピオンだったんだと実感する。同時に男としてうらやましいっていう気持ちが湧き出てくる。こんな僕でもやっぱり強い男にあこがれるのだ。

入口でチケットを見せ、会場に入った。一気に視界が開ける。天井が高い。二階分吹き抜けになっていて、小さいながら二階席っぽい場所もある。真ん中にリングがあり、リングを囲むように座席が配置されている。

椅子の種類はバラバラ。僕がいる入り口入ってすぐには、オレンジ色の一人掛けのフカフカな椅子が並んでいて、リングのすぐ近くにはパイプ椅子、パイプ椅子を囲むように、木の椅子というか、大きな木箱を並べたような一角がある。

チケットを確認するとどうやら指定席らしい。チケットの番号を頼りに席を探すと、オレンジ色のフカフカ椅子エリアの前から十列ぐらいの真ん中だった。結構いい席だ。リングもよく見える。

でも…目立つ。あこたんが来たらすぐに見つかってしまうだろう…試合開始三十分前だけど、席はぜんぜん埋まってないし、満員になることはなさそう。あんまり目立たない、木箱のエリアの隅っこに行くことにした。

木箱のような椅子の隅っこに座って、あこたんがいないか会場をこっそり見渡す。お客さん少ないからすぐに見つかってしまいそうでドキドキだ。見渡す限りは見当たらない。彼氏と一緒に控え室にでもいるのだろうか。彼氏。彼氏。彼氏か…。頭が沸騰しそうになった時、会場が少し暗くなった。リングを照らすライトが一段と明るくなり、リングが浮かび上がった。中央にマイクを持ったスーツの人が立っている。

「ただいまよりダイナマイトシリーズを開始致します」

パチパチ…パチパチ…まばらな拍手。全然盛り上がらない会場…ボクシングってこんなに人気ないいんだ。会場は全席の十分の一ぐらいしか埋まっていない。

「第一試合、青コーナー…」

選手の紹介がはじまった。映像でみた派手な選手入場を想像してたのに、その気配すらなく、いつの間にか選手はリングの上にいた。選手は紹介に合わせて手を上げて答える。パチパチ…パチパチ…まばらな拍手。

「がんばれー」

熱狂的な応援が聞こえて、なんだかほっとした。だけどそれもひとりかふたり。関係者だろうな。

カーン。

ゴングが鳴り、試合がはじまった。

ガシガシ。ゴツゴツ。

シーンとした会場にこすり合うような音が響き渡る。必死にパンチを伸ばそうと手を動かしているが、パンチよりも先に体同士ぶつかりパンチは伸びず、こするような音がする。

「がんばれー」

またさっきの熱狂的な声が響く。

「もっと殴り合えよー！」

「腕を伸ばせー！　ちゃんとパンチ出せよ！」

野次が飛ぶ。

「お互いデビュー戦か。たいしたことねーし、こりゃ泥試合だな」

野次に交じって会話が耳に入った。デビュー戦か。どんな気持ちなのか想像もできない。怖いだろうか。苦しいだろうか。応援は届いているのだろうか。野次は気になるのだろうか。

そういえば会場に入る時にパンフレットをもらったな。パンフレットに選手紹介とか書いてあるかもしれない。パンフレットをリュックから取り出す。と、パンフレットの表紙を見て背筋が凍った。

『セミファイナル・日本王座挑戦者決定戦・日本バンダム級三位中村晃対日本バンダム級八位宮本武』

宮本武！　宮本武だだだ！　確か、確か、確か！　あこたんの彼氏だ!!

写真が載ってる！　ファイティングポーズを決めた写真。短髪で面長。目が鋭い。上半身は締まっていて、余分な贅肉は見当たらない。腹筋はそんなに割れてないけど、僕のお腹とは質が違うように見える。

この人があこたんと付き合っているんだよなぁ。どんな性格なんだろう。DVしてるっていうし、やっぱり怖いのかな。僕の一番苦手な人種だろうか。一瞬、真人くんの顔が思い浮かんだ。ブルブルブル。頭を振って真人くんの顔をかき消す。

ワッー！

突然会場が沸いた。試合が動いていた。選手の一人が尻もちをついている。レフリーがカウントに入る。なんとか立ち上がったけど、よろけて、もう一度尻もちをついた。

レフリーが両手を大きく上げ交差させると同時にゴングがなった。試合終了らしい。倒した選手が何度も飛び上がって大喜びしている。

「大きいのが入ったなー。たった一発だけど、ありゃ立てないわ」

お客さんの声で状況を把握した。一発。一発のパンチであんなに立てないぐらいフラフラになるんだ。怖いけど見てみたかった。

その後も次々と、そして淡々と試合が進んでいった。今日の試合は全部で十二試合。六試合が四回戦。デビューから四勝するまでの人達の試合。プロボクシングのライセンスだとC級になるらしい。

二試合が六回戦。六勝するまでのB級ライセンス保持者。

二試合が八回戦。八勝するまでの人達。ここからがA級ライセンス保持者。

そして十回戦が二試合。A級ライセンス保持者の中でも日本ランカー以上の人達の試合になる。

予備知識バッチリ。マンガとネットで得た情報だけど。今日のラストから二番目の試合、セミファイナルがあこたんの彼氏の試合だ。

試合開始の十八時から一時間以上が経った。試合のレベルがどんどん上がっていっている。素人の僕でもわかる。会場には「バシッ」「ドシッ」とはじけるような音が響くようになった。伸びたパンチが当たる音だ。応援の声や拍手、野次の声も多く、大きくなっている。熱気がすごい。

あれ？　そういえば、あれだけ空いていた席がいつの間にか八割ぐらい埋まっている。少しずつ増えているから気が付かなかった。さらにどんどんお客さんが入ってきている。

いよいよ試合はセミファイナルがはじまろうとしていた。会場の照明が暗くなった。リングだけが浮かび上がる。さらにリングを強いオレンジの光が照らす。温かいはずの光が胸を締め付け鼓動を速くした。

リング中央にスーツの人が立ち、アナウンスがはじまる。

「ただいまより、セミファイナル十回戦、日本王座挑戦者決定戦を行います。この試合の勝者が八月に予定されている日本王座決定戦、タイトルマッチへの挑戦権を獲得します」

拍手と歓声が交ざり合い会場が震えた。いままでの試合とは比べものにならない。

「それでは選手の入場です！　青コーナー117ポンド2分の1、協拳ジム所属〜日本バンダム級八位〜宮本〜武〜！」

暗闇の中、会場の奥に光に照らされたあこたんの彼氏の姿が見えた。大音量のロックが流れ、リングへの花道をゆっくりと噛み締めるように歩いて来る。

「宮本ー！」

「勝てよー」

「がんばってー」

リングをはさんだ向こう側の席から多くの声援が飛んでいる。

「八位で挑戦者決定戦なんてラッキーだよな。いまのチャンピオン強すぎて一位、二位は倒しちまって、四位以降はみんな逃げてるって話だもんな」

さっきからいいタイミングで解説が聞こえてくる。会場の至るところにボクシング通なのか、やけに詳しく、熱狂的な人達がいる。こういう人達にボクシングは支えられてるのかもしれない。

あこたんの彼氏がリングに入り、音楽が止むと再びアナウンスがはじまった。

「続きまして、赤コーナー１１８ポンド、白木ジム所属〜日本バンダム級三位〜中村〜晃〜！」

ウオー！　僕が座っている席の周りが一気に沸いた！

「中村ー!!」

「晃ー!!」

「勝って世界を目指せー！」

大きな幕や旗を掲げている人もいる。人気があるみたい。残念ながらあこたんの彼氏よりもずいぶんと。

あと、この席…どうやら対戦相手の応援側のようだ。周りは全員同じTシャツ着ている。「世界に羽ばたけ中村晃！」と大きくプリントされてる。着てないのは僕含めて二、三人だ。やばい、あこたんにここに座っているのを見られたらどうしよう。相手選手を応援していると思われちゃうかも。

派手なヒップポップ風の音楽が大音量で流れ、相手選手がリングに向かう姿が見えた。僕の周りがさらにヒートアップする。ほぼ全員が立って拍手している。座っていると目立つから僕も席を立って控えめに拍手した。

相手選手がリングに入り音楽が止まると一気に静かになった。さっきまでの歓声が嘘のような静寂。リングの上の二人の選手の息遣いが聞こえてきそうだ。アナウンスしていた人はリングを降り、代わりにレフリーがリングの中央に立った。レフリーが手招きで両選手を中央に呼んだ。何やら両選手に話をしているようだ。何か話しているかまでは聞こえない。あこたんの彼氏は相手選手を睨み付け、今にも殴りかかりそうだ。相手選手は目線をそらさずに首を回し体をほぐしている。うっすらと笑みを浮かべているように見える。

両選手が各コーナーへと戻る。両者がコーナーに辿り着き、中央を振り向いたところでゴングが鳴った。

ゴングと同時にあこたんの彼氏がものすごい勢いで相手選手に向かっていった。相手はまだファイティングポーズもとっていない。

奇襲？　あこたんの彼氏が大きく腕を回すように右フックを打つ。相手は一瞬驚いた表情をしたが、頭を下げてかわした。あこたんの彼氏は休むことなく大きなパンチを振り回す。相手は上体のみですべてをかわし、左ジャブを的確にあこたんの彼氏の顔に当てた。

一瞬動きが止まる。が、すぐに前に出ながら大きなパンチを打ち始めた。一発で倒す。そんな想いが伝わってくるようなパンチだ。相手は足を使い微妙な距離をとりながら上体を回すように使って避け、時折ジャブを伸ばす。ジャブはすべてあこたんの彼氏の顔を捉えている。

この光景が何度も繰り返された。相手のジャブが当たる度に僕の周りの応援が沸く。あこたんの彼氏側の応援は静まり返る。

あこたんの彼氏が大きなパンチを振り回すと、当たってなくても応援が沸く。当たれば倒れる。みんながそう信じているのだろう。しかし、一発も当たることなく一ラウンド目が終了した。

僕は、リングに意識を持っていかれたように体を動かすことを忘れていた。すごい。これがプロのボクシングの試合なんだ。生で見るボクシングの試合は、テレビで見るのとは全然違った。

カーン。ゴングが鳴り響き、二ラウンド目がはじまった。

ゴングと同時にあこたんの彼氏は、一ラウンドと同じようにものすごい勢いで相手選手に向かっていった。

相手選手は、その場から一歩も動かない。あこたんの彼氏は、力強く大きく腕を回すようにパンチを出す。あこたんの彼氏側の応援が沸く。相手選手は上体だけでかわし、ジャブを当て、ちょっとだけ左側に回る。相手選手の応援が沸く。

あこたんの彼氏は、怯まずパンチを振り回す。相手選手はあたかも知っていたようにパンチをかわし、ほぼ同時にジャブを当てる。相手選手の応援が大きくなっていく。

あこたんの彼氏は、怯まない。あこたんの彼氏側の応援も怯まない。

相手選手のかわす動きが小さくなり、パンチの応酬のスピードがどんどん速くなってきた。あこたんの彼氏は大きくパンチを振り回す。相手選手はすぐにかわしパンチを放つ。

少しずつ、少しずつあこたんの彼氏のパンチに力がなくなってきた。応援の声もだんだん小さくなっていく。比例して相手選手の応援は益々大きくなっていく。

時間が長く感じる。三分ってこんなに長かったっけ？　はやく終われ、はやく…目を閉じて願った。

なかなかゴングは鳴らない。三分が長い…そっと目を開ける。同じ光景が広がる。大きくパンチを振り回すあこたんの彼氏とよけては的確にパンチを当てる相手選手。

その時やっとゴングが鳴った。

あこたんの彼氏の顔はひどく腫れていて、目は開いているかも分からないぐらいだった。セコンドは慌てふためき、顔や首や色々な所を一斉に冷やしている。セコンドの人があこたんの彼氏に必死に話しかけている。

どうみてもこれ以上は無理だと、誰が見ても明らかだった。それでもゴングは鳴る。

三ラウンド目がはじまった。あこたんの彼氏は相手選手に向かっていった…。

もう見てはいられなかった。僕は下向いて、目を閉じて、はやく時間が過ぎるのを祈った。あこたんの彼氏への応援の声はほぼ聞こえなくなっていた。

あこたんの彼氏のパンチは当たらない。みんな気が付いてしまったのだ。きっとあこたんの彼氏自身も分かっているだろう。いや自分が一番分かっているのかもしれない。圧倒的な実力の差。絶望的な差。逆に相手選手の応援はどんどん大きくなり会場に響き渡る。その時だった。

「武ー！　まだ、まだやれるー！」

沈黙した応援席から悲鳴のような女性の声が上がった。間違いない、あこたんの声だ。その声で目が覚めたように応援の声が一気に盛り上がった。

僕も目を開き、しっかりとリングを見た。あこたんの彼氏も応援に奮起したのか、猛ラッシュして相手選手をロープ際に追い詰めた。

あこたんの彼氏のパンチは顔とボディを交互に打ち分け、相手選手の動きを完全に止めた。顔はガードされていたが、ボディにはパンチがヒットしている。

お互いの応援がますますヒートアップする。会場は応援合戦になっていた。

相手選手もガードをそっちのけで、打ち合いに応じた。壮絶な打ち合いになった。どちらも怯まずパンチを出し続け、お互いのパンチがヒットしている。

あこたんの彼氏にもチャンスが出てきた。もしかするともしかするのでは、そんな空気が会場に流れ始めた。

あこたんの彼氏が一瞬力を溜めて大きなパンチを繰り出した。相手選手は、そのパンチをかいくぐりながら、回るようにしてロープ際から抜け出し、横からあこたんの彼氏の顔に右ストレートを繰り出した。

パンチをもらったあこたんの彼氏は、真下に崩れ落ち、そのまま前のめりに倒れた。

会場が静寂に包まれる。一瞬の出来事で何が起きたのか把握できないでいる。

レフリーが駆け寄り「ダウン！」の声が響いた。次の瞬間、歓声が爆発のように起きた。同時にリングにタオルが舞い、セコンドから慌しく人が出てきて、あこたんの彼氏に駆け寄った。

カン、カン、カン。

試合終了を告げるゴングが鳴った。僕の周りにいる人たちから歓喜の声が上がるハイタッチして、飛び跳ね、喜びを全身で表現している。

あこたんの彼氏は、セコンドの人の肩を借りて、かろうじて歩きながらリングを降りていく。リング中央では、相手選手がレフリーに拳を掲げられ、勝利者としてアナウンスされている。ライトに照らされ、拳が輝いて見える。勝者と敗者。そのはっきりとした違いを見せつけられ胸が締め付けられた。

勝者は歓喜の声に包まれながら、花道を歩いていく。僕の周りに座っていた人たちも勝者を追い花道を追いかけていった。どこかで一緒に勝利を祝っているのだろう。一方敗者の姿はいつの間にか会場から消えていた。どこでどんな思いを噛み締めているのだろうか。

次の試合のアナウンスが流れはじめ、僕の周りに次の試合の応援の人たちで埋め尽くされた。

僕は動くことができないでいた。放心状態とはこのことを言うのだろう。リングの上では、次の試合がはじまっていて、会場が再び熱気に包まれていく。

僕はなんとなく目の前にあるリングを見つめていた。戦っている二人の選手の姿は見えるが、内容は頭に入ってこない。

その時、戦う二人の選手の奥、会場の端にある廊下に見覚えのある人の姿が見えた。

あこたんだ！　反射的に席を飛び出し、あこたんのいる廊下に向かった。中央にあるリングの先。会場中が注目しているリングを横切るわけにはいかないので、裏の廊下からぐるっと会場を回りこんだ。

「あっ！」

あこたんの姿を見つけ、思わず声が出た。何を話せばいいのだろうか。続く言葉が見つからない。

「あっ。えっと。コジローさんでしたよね？　来てくれたんだ…」

「は、はい…。あ、あの、ざ、残念でした…ね」

「うん。結果は残念だったけど、意識はしっかりしてたし、体は大丈夫そう…だからよかった」

最後は自分に言い聞かせるようだった。そっか。あれだけ人間の本気をパンチ受けたんだ。命にかかわることだってありえる。

「せっかく応援に来てくれたのに、あんな結果でごめんなさい」

「あ、いえ、そんな、あの、いい試合だったと思います…」

「ありがとう。力は出し切ったと思う。だから後悔は…あっ！」

ん？　あこたんの目線が僕ではなく、僕を通り越して後ろを見ている。そっと後ろを振り返る。

「う、うわっ！」

で、出たー！　思わず声も出たー。あ、あこたんの彼氏だ。さっきまでリングの上で戦っていた人が目の前にいる。なんて声をかけていいか分からない。勇気を振り絞って何かを言わなきゃ。こっちは必死。でもあこたんの彼氏は、僕のことなんて見ていない。

「亜紀子。帰るぞ」

「体は大丈夫なの？」

「ああ。ダメージはほとんどない。タイミングを合わせされただけだ」

「でも…」

「オレが大丈夫だって言ってんだ。自分の体だ。自分が一番よく分かる」

「うん…」

あこたんの彼氏の視線が僕に移った。

「ん？　誰だこいつ？」

「えっ。あっ、えっと」

「もしかして、こいつか？　亜紀子をストーカーしてるやつってのは」

「ストーカー!?」

なんだって！　あこたんにはストーカーもいるの？　なんてこった！　そりゃゆるせん！

ん？　あれ？　こいつか…？　って言ったよね。えっ？　僕？　ち、違うよ。一度だけ後をつけたことはあるけど。ジムにも何回も見に行ったけど。あれはジムに入会しようと…。やばい。もしかして僕がやっていることは、ストーカーってことになるのかもしれない…。

「違うよ。この人は、ジムが一緒なだけ」

よかった。あこたん本人から聞けてほっとした。一瞬、僕がストーカーなのかと自分でも疑っちゃったよ。

「ジムか…それも気にいらないんだよな。なんでボクシングジムに通いはじめたんだよ。しかもわざわざオレが行っているジムとは違うジムに」

あこたんの彼氏は自分のせいだと気がついてないんだ。言わなきゃ。言って分からせなきゃ。

「それは…あなたが…D…」

「なんだ?」

覚悟を決めた。

「あなたがDVしてるからだろっ!」

あれ?　きょとんとしている。届いてない?　響いてない?

「はははははははっ!」

大爆笑してる…。こっちは本気で怒っているのに。

「オレが悪役ってことか、ストーカーさんよ」

「だから僕はストーカーじゃないってば」

「オレだってDVなんかしてねぇよ」

「でも、ジムの人が言ってたし」

「そんなこと言ってるやつがいるのか。ふざけやがって」

「おい。ストーカー」

「僕はストーカーじゃない！」

「じゃあ。オレと勝負しろ。勝負に勝ったらストーカーじゃないって信用してやるよ。そしてオレもDVやめてやる」

「しょ、勝負？」

「ちょっと、何言ってるのよ！」

「亜紀子は黙ってろ」

「な、何で、勝負するんですか？」

「ボクシングに決まってるだろ」

えっ？　ボクシング？　プロボクサーと勝負して勝てるわけないよ。

「でも、この子、まだボクシングはじめたばかりだよ」

そう。実際には、まだはじめてもない。それと…「子」って言葉が引っかかった。

子供扱い？　完全に見下されている。なぜだろう？　やっぱりオタクだから？　それ以外は普通の人となんら変わらないはず。オタクってそんなにダメなことなの？

「そうなのか。なら、オレに一発でもクリーンヒットを当てたら勝ちってことにしてやろうじゃないか。どうだ？」

一発？　たった一発当てればいいの？　いくらプロだからってそれは舐めすぎじゃないの？

「一発!?　な、舐めるな！」

あっ。怒りのあまり、声が出ちゃった。ど、どうしよう。

「いいね。やる気ってことだな。じゃあ、一ヵ月後。六月二十八日の日曜日。十三時以降に協拳ジムに来な。夕方ぐらいまで待っててやるよ。それまでに来なかったらお前の負けだ」

あわわ。やる方向になってる。時間も場所も決まってしまった。でも行かなければいいんだ。でも行かないと負けってことに。逃げたことになる。たった一発ならなんとかなるかも。

そもそも嫌なことに巻き込まれないように生きているつもりなのに、なんでこんな目に遭うんだろう。

一ヵ月後か。一発ならなんとかなるかも。何かが沸々とこみ上げてきた。バトル系の映画やアニメを見た後にたまに感じる。でもそれよりも熱くて大きい。大きさに戸惑い背を向けてしまいそう。待て！　逃げるな！　やるんだ。やってやる。あこたんのために。やってやる。やってやる。そう自分に言い聞かせると、ロールプレイングゲームの勇者になったようだった。これはゲームじゃない。現実だ。僕が勇者になる機会なんてそうそうあるもんじゃない。不安と怖さでいっぱいだけど、その気持ちとは裏腹に興奮もしていた。

「わ、分かったよ！」

怖くてあこたんの彼氏の顔は見れない。どんな表情をしているのか分からないけど、余裕の笑みを浮かべているような気がした。

「本気なの？」

あこたんの声が聞こえた時には、出口に向かって走りはじめていた。やるんだ。やるんだ。自分に言い聞かせながら走る。エレベーターを待つのがじれったくて、階段を駆け下りる。

後楽園ホールの階段は独特な雰囲気だった。壁一面に何か文字が書かれている。たくさん。たくさん。落書きのようだけど、ただの落書きではない気もした。夢中で駆け下りてたから詳しくは見てないけど、何かが伝わってくる。夢？　願望？　希望？　絶望？　書きなぐられた落書きは今にも叫びだしそうだった。

「ハァハァ…なわとび三本終わりました」

「はーい。おつかれさま。じゃあ、次は鏡の前でファイティングポーズをとって、その場でフットワークを三本ね」

あこたんの彼氏の試合の翌日、湧き上がる不思議な気持ちのおかげで逃げずにジムに向かい、入会する事できた。トレーナーの平田さんが僕を見るなり大歓迎してくれた。手の怪我の件を気にしてくれてて、入会金無料ってことにしてくれた。入会金は一万五千円。いやぁ、フリーターの身には助かるでござる。まさに怪我の功名。

カーン。ジムにゴングの音が鳴り響く。本物のゴングの音ではない。デジタルのゴングの音。ジムにはタイマー式の時計があって、三分でゴングが鳴り、次に一分でゴングが鳴る。三分間動いて、一分間休憩。ボクシングのリズムを体に教え込むためらしい。

たった三分だと思ってたけど、やってみるととんでもなく長くつらい。今もただ鏡の前でファイティングポーズをとってるだけなのに、腕がどんどん重くなり、二の腕が震えてくる。まだ二分以上あるというのに。

「佐々木君、腕が下がってきてるよ。左の拳はこめかみにつけて、右の拳は頰につける。ガードを高く保つ練習だからね。実際動きを入れると、ただでさえ落ちてくるか

料金受取人払郵便

新宿局承認

7552

差出有効期間
2024年1月
31日まで
(切手不要)

郵便はがき

1 6 0-8 7 9 1

1 4 1

東京都新宿区新宿1－10－1

(株)文芸社

愛読者カード係 行

ふりがな お名前		明治 大正 昭和 平成	年生 歳
ふりがな ご住所	□□□-□□□□		性別 男・女
お電話 番号	(書籍ご注文の際に必要です)	ご職業	
E-mail			

ご購読雑誌(複数可)

ご購読新聞

新聞

最近読んでおもしろかった本や今後、とりあげてほしいテーマをお教えください。

ご自分の研究成果や経験、お考え等を出版してみたいというお気持ちはありますか。

ある　ない　内容・テーマ(　　　　)

現在完成した作品をお持ちですか。

ある　ない　ジャンル・原稿量(　　　　)

書　名			
お買上 書　店	都道 府県　　　　市区 郡	書店名	書店
		ご購入日	年　　月　　日

本書をどこでお知りになりましたか?
1.書店店頭　2.知人にすすめられて　3.インターネット(サイト名　　　　)
4.DMハガキ　5.広告、記事を見て(新聞、雑誌名　　　　)

上の質問に関連して、ご購入の決め手となったのは?
1.タイトル　2.著者　3.内容　4.カバーデザイン　5.帯
その他ご自由にお書きください。
(　　　　)

本書についてのご意見、ご感想をお聞かせください。
①内容について

②カバー、タイトル、帯について

弊社Webサイトからもご意見、ご感想をお寄せいただけます。

ご協力ありがとうございました。
※お寄せいただいたご意見、ご感想は新聞広告等で匿名にて使わせていただくことがあります。
※お客様の個人情報は、小社からの連絡のみに使用します。社外に提供することは一切ありません。

■書籍のご注文は、お近くの書店または、ブックサービス(0120-29-9625)、セブンネットショッピング(http://7net.omni7.jp/)にお申し込み下さい。

ら、高く保つ癖をつけよう。あと、脇を閉めて」

平田さんが僕の両脇を閉め、肘を近づける。そこにボディブローを打つまねをする。

「ほら、こうするとボディを打たれにくくなるだろう」

「は、はい」

返事するだけで精一杯。腕はプルプルしているし、額から汗が流れ落ちてくる。

「あ、あの、試合というか、スパーリングができるようになるには、どれくらいかかりますか？」

「ん？　期間ってこと？　週五ぐらい真面目に練習する人でも、半年はかかるかなぁ。一年以上かかることもあるし。筋がいい人だと三ヶ月って場合もあるかな」

筋がいい人で三ヶ月…。ボクシングをはじめて約一週間だけど、未だにファイティングポーズだけで四苦八苦している。あと三週間でプロと勝負なんてできるのだろうか。

「試合したいの？　いい心がけだと思うよ。最近はダイエット目的とかが多くて、スパーリングすらしたがらない人が多いからね。高い目標を持っている人の方がやっぱり強くなるよ」

「したいわけじゃないんですけど…やれるようにはなりたいというか、ならないといけないというか…」

「うーん。よく分からないけど、練習を続けていたら間違いなく強くなれるから。続けることが一番の近道だよ。さぁ、いまできることとやろう。ほら、腕上げて、締める」

正論だ。たった一ヶ月でプロと勝負しようなんて無謀だったんだ。でも、たった一発当てるだけならなんとかなるんじゃないかな。たった一発だもん。

カーン。ゴングが鳴った。やっと休憩だ。あと二本。ファイティングポーズの練習が終わったら、リングの上でフットワークの練習して、見よう見まねでシャドーボクシングして、サンドバッグ叩いて、筋トレして、ストレッチして、約一時間半の練習が終わる。少しずつ、少しずつ確実にこなしていこう。

あっという間に一ヶ月が過ぎていた。ジムが日曜日と月曜日が休みだから、全部行っても週五回。週一日ぐらい残業で行けなかったから、週四回ぐらいは練習した。結局、スパーリングまではたどり着かなかった。さらにパンチを当てない寸止めの実践練習のマスボクシングもできてない。実践的な練習は何一つできてなく、なんとかジャブと右ストレートのワンツーパンチが形になってきたぐらい。フットワークもぎこちなく、速い動きなんて無理。でもやるしかない、今もっている武器と一ヶ月でも本気でやったという気持ちと誇りを持って。

…かっこつけてみたけど、ほんとは不安しかない。練習をすればするほど、どれだけの差があるか分かってきた。ただただ逃げたい。でも、でも、ジムに入会してやってみたら、ワンツーを覚えられたんだ。最近はサンドバッグもちゃんと叩けるようになった。気持ちいい音も出せるようになってきた。ちょっとだけ試してみたい。どれくらい差があるのか、やってみよう。やってみるんだ。

十三時ちょうど。協拳ジムに着いた。立派なビルのいくつかのフロアがジムになっている。一階のガラスの扉を開ける。

日曜日の今日は、ジムは休みらしい。練習生は誰もいない。奥にあるリングの上に動く影がひとつ見える。シャドーボクシングをしている。見とれるぐらい綺麗なフォームだ。

リングの横に立っている影がもうひとつ。きっとあこたんだろう。窓から差す光で逆光になり、二つは完全な影になっている。影でも絵になる。

「あっ！」

あこたんが僕に気が付いた。その声でリングの上のシャドーボクシングが止まる。

「へー。ほんとに来たんだ。逃げるかと思ったんだけどな」

返事をした方がいいのか迷いながら、無言のままリングに近づく。二つの影があこたんとあこたんの彼氏だとはっきりと認識できる位置ではじめて声を出した。

「よ、よろしくお願いします」

頭を下げる。緊張と不安でいっぱい。強がってみせることすらできない。

「そこがロッカーだから着替えてきな」

「は、はい」


ロッカーで着替えてリングに向かった。どんどん緊張が大きくなり、自分が自分なのか、ここにいることが現実なのかあやふやな感覚に襲われた。

「よし。来たな。こっちは準備できてるから、そっちのタイミングでいつでもはじめていいぞ」

「は、はい。じゃあ、ちょっとだけ体温めます」

リングから離れた所にある鏡の前で、ストレッチをはじめた。

「あの、本当に勝負するんですか?」

いつの間にかあこたんが後ろにいた。

「は、はい」

「まだ、ボクシングはじめたばかりですよね? 大丈夫なんですか?」

「大丈夫です。やります」

大丈夫かどうかなんて聞かないでおくれ。大丈夫なわけないけど、あこたんのためにやると決めたんだ。

「何かあったら、私がすぐ止めますから」

そう言って、小走りでリングサイドまで戻っていった。

ストレッチが終わって、鏡の前でファイティングポーズをとった。自分で言うのもなんだけど、お世辞にも強そうには見えない。下手なのがばれるのが嫌でそれ以上の動きはしなかった。覚悟を決めてリングに向かう。

「あ、あの。準備できました」

シャドーボクシングをしていたあこたんの彼氏は、こっちを見て頷き、青コーナーを指差した。僕は青コーナーからリングに上がった。あこたんがヘッドギアとグローブを持ってきてくれた。

ヘッドギアを受け取り勢いよくかぶった。首の辺りにある留め金をあこたんが留めてくれる。あこたんの顔が目の前にある。戦う前の緊張とあこたんが近くにいる緊張。間逆の感情に戸惑った。

「きつくない？」

「はい。大丈夫です」

あこたんはニコっと笑顔をつくると、グローブを手に取り、拳が入りやすいように広げてくれた。拳を奥まで入れる。マジックテープ式のグローブだった。あこたんがマジックテープをしっかりとつけた。逆の拳も同じようにグローブに手を通す。

「ハンデとして、そっちは八オンスのグローブ。オレは十二オンスのグローブにしておいたから」

オンスが重さなのは分かったけど、どれくらいの差があるかは分からなかった。それでもハンデくれたということだから、あこたんの彼氏にお礼を言った。

「アマチュアのジュニアと同じ二分三ラウンドな」

そういうとあこたんがタイマーの横にスタンバイした。

「準備はいいか?」

ここまで来ると不思議と落ち着いていた。

「はい!」

あこたんの彼氏は頷き、あこたんはタイマーのスイッチを押した。

カーン。ジムにゴングが鳴り響く。タイマーの数字が1:59となりカウントダウンをはじめた。

「よろしくお願いします!」

青コーナーから大きな声で深々と頭を下げ、あいさつをする。

あこたんの彼氏は驚いた顔をしてリング中央で拳をこちらに向けている。挨拶は拳を合わせるみたい。ちょっと恥ずかしくて、何度も会釈しながら慌ててリングの中央に向かい拳を合わせた。

拳を合わせた瞬間、あこたんの彼氏はバックステップで距離を取った。同時に目つきが変わる。ボクサーの目。戦う男の目。獲物を狙う目。この目を何度か見たことある。でもあこたんの彼氏の目は少し違った。悪意が見えない。いままで僕にこの目を向けてきた人たちは、悪意の塊だった。一方的な悪意。獲物を見つけた目。でもあこたんの彼氏の目は違う。同じリングに立つ者として対等な敬意が感じられた。光栄だった。怖かったけど、リングに上がってよかった。心からそう思った。

次の瞬間、あこたんの彼氏が目の前にいた。熱い！　突然顔が熱くなった。痛みが後からくる。どうやらパンチをもらったみたい。何がなんだか分からない。体の支えが利かない。尻もちをついた。慌てて立とうとするけど体がいうことを利かない。見上げるとあこたんの彼氏が見下ろしていた。心配そうな顔をしている。すでにボクサーの目ではない。またあの目。誰もが僕を見るときの見下した目。やっぱり無謀だったんだ。プロのボクサーと勝負しようなんて。

「佐々木君！　立って！」

えっ？　あの声？　もしかして、彗星ジムのトレーナー平田さん？　でもここにいるはずないよなぁ。

「牽制のジャブが当たっただけだから。ほらっ。立って」

リングサイドに立っているのは、やっぱり平田さんだった。

「平田さん！」

平田さんの顔を見て、一気に緊張がほぐれた。立てた。リングサイドに向かう。

「まだ、テンカウントにはなってないですよね？　続けて大丈夫ですか？」

平田さんがあこたんの彼氏に向かって言う。

「ああ。いいですよ」

あっけにとられた表情をしている。平田さんの事も、来ることも知らなかったみたい。

「平田さん、どうしてここが？」

「生野さんから聞いてね。まさか本当に来てるとはね。絶対逃げると思った」

「えっー！」

「だって、ほら、これだけ実力差があったら、無理ってわかるでしょ。まぁ、そんなことはいいや。とにかく無謀にもリングに上がったからには、やれるだけやらないとね。一発クリーンヒット当てれば、勝ちなんだよね？」

「は、はい」

無謀は余計だよ。分かってるわ。

「じゃあ、まずはこのラウンドの残り一分ちょっとを耐えようか。ガードをしっかりしよう。左拳はこめかみにつけて、右拳は頬につける。脇を締めて、ボディを打たれないように猫背になろう。その体勢で、相手の足をみる。つま先の向きを見ながら、左に回って、相手の横につく。ついたらその場でワンツー。当たらなくていいからとにかくワンツーね。ワンツーを打ち終わったら相手のつま先がこっちを向いているはずだから、同じように左に回って、ワンツー。これの繰り返し。いいね」

足を見て、左に回ってワンツー。あこたんの彼氏の顔を見ないで済むならやれるかもしれない。あのボクサーの目を見ちゃうと萎縮してしまう。

「分かりました」

左に回って、ワンツー。頭の中で反復しながら頷いた。

「じゃあ、いこう！」

平田さんの声で、あこたんの彼氏があこたんに目で合図をした。

「ボックス！」

あこたんの掛け声がジムに響いた。同時にあこたんの彼氏の目がまたボクサーの目になった。

練習を思い出しながらしっかりとガードをあげた。猫背になるとあこたんの彼氏の足が見えた。この体勢すごく楽だ。そうか。普段からいつも猫背だからだ。猫背になって足元を見ながら歩いていることをこんな時に再認識するとは。

あこたんの彼氏の足があっという間に近づいてきた。ガードにパンチが当たる。ガードがはじかれそうになるのをこらえながら左に回ってその場でワンツーを打った。打ち終わった頃、あこたんの彼氏の足が目の前にあった。ガードにパンチが当たる。こらえながら左に回りワンツーを打つ。

今度はさっきよりも速くあこたんの彼氏の足があった。パンチも二発飛んできた。すぐに左に回りワンツーを打つ。

あこたんの彼氏の足は前よりも速く目の前にある。今度は距離も近く、ボディに向けてパンチが飛んできた。より背中を丸めガードをがっちり固める。

左に回る。と、あこたんの彼氏と体がぶつかった。サイドステップで左に回ることを止められた。やばい。

ぐふっ。脇腹にパンチが当たる。ガードの横をつかれた。痛いというよりも苦しい。左に回ろうとしても、体が密着して動くことすらままならない。そのまままもう一発わき腹にパンチをくらった。もうだめかも。

カーン。その時ゴングが鳴った。助かった。フラフラになりながら、なんとかコーナーに戻った。

「よーし。よく耐えた！」

ハァハァ。お腹が苦しいのと疲れで息が上がって返事もできない、頷くのがやっと。

「体力も限界みたいだし、次のラウンドで決めよう。必殺技を伝授する」

必殺技!? ボクシングにそんなのあるの？

「まずはさっきと同じ。足が近くに来たら、すぐに左に回る」

「で、でも。ハァハァ」

言葉がでない。

「深呼吸して。疲れると呼吸が浅く速くなるから深呼吸するとだいぶ楽になるよ」

何度か深呼吸してみる。ほんとだ。ちょっとだけ楽になった。

「で、さっきの続き。左に回ろうとすると最後のように道をふさぐように体を当ててくるはず。そこで同じようにガードをしっかり固めてれば、脇腹を狙ってボディを打ってくる。わき腹に一発もらったら、すぐに」

「えっ？　またもらうんですか？」

「だいぶ手加減してもらってるんだから、我慢、我慢。本気のボディブローもらったら一発で立てなくなるよ。長引けばどんどん本気出してくるけど、それでもいいの？」

「あれで手加減してるんですか？」

「当ったり前だよ。三割ぐらいじゃないかな。まぁ、でも逆にチャンスなんだよ。完全に舐められて油断してるから、そこを突こう」

手加減してるのかぁ。本気のボディブローもらったらどうなっちゃうんだろう。絶対もらいたくない。

「で、脇腹に一発もらったらすぐに、両手同時にパンチを出すんだ！　ガードした手をまっすぐに突き出すイメージで」

「両手同時に？」

「名づけてダブルパンチだ」

びっくりするぐらい、ダサい。

「ボクサーは、両手でパンチしてくることは想定してない。さっきの動きを見て、打ってくるならワンツーと思ってる。舐めて手加減してるからガードも甘い。これしかないと思うんだけど。どう？　いけそう？」

確かにいけるかもしれない。ダサいけど。

「分かりました」

「チャンスは一度きり。二度目はないよ」

「はい」

「ガードをしっかりして、さっきと同じ動きで誘うんだ。いいね」

頷いて、ガードを固めた。猫背になって相手のコーナーを見る。あこたんの彼氏の足が見える。軽いフットワーク。さすがボクサーだと改めて思った。こんな初心者の僕と戦ってくれていることに感謝の気持ちが湧き上がった。

休憩の残り時間を確認するためタイマーを見た。タイマーの数字が０：02、０：01とカウントダウンしていく。あこたんの不安そうな表情も見える。

０：00。カーン。

「よし！　いってこい！」

平田さんが背中を軽く叩くように押し出し、リングの中央に向かった。あこたんの彼氏の足が少しずつ近づいてくる。一気に来ると思ったから、想定外だった。左に回りこめる距離に入った。左に回りこむように動く。ガードにパンチが当たる。

あれ？　左に回りこめちゃった。失敗？　仕方ない、ワンツーだ。ワンツーを打つ。次の瞬間、あこたんの彼氏の足が目の前に来た。すぐに左に回りこむように動く。と、あこたんの彼氏の体が当たり、左に回りこむのを塞がれた。

来た！　この形だ。左のわき腹にあこたんの彼氏の右フックが当たる。苦しい。一瞬息が止まる。耐えろ、チャンスだ！

ガードを突き出すように、両手を伸ばした。当たれ！　ダブルパンチ！

あこたんの彼氏の頭が左のパンチをかわすように動くのが見えた。やばい。よけられた？　と、思ったその時、右拳が何かに当たった。

「ストップ！」

あこたんの声がジムに響いた。僕は両手を伸ばしたまま固まっている。ゆっくりとあこたんの彼氏を見た。信じられないという表情をしたあと、苦笑しながら首を横に振った。どうやら右拳があこたんの彼氏の顔にクリーンヒットしたようだ。

「約束通り、お前の勝ちだ」

「や、やった…」

力が抜け、その場に崩れ落ちた。脇腹がまだ痛む。痛いけど、誇りでもあった。プロのパンチを受けられたこと。受けても立っていられたこと。痛いのにうれしいなんてはじめてだ。

「あ、あのー、これで僕がストーカーじゃないと信用してくれますか？」

「分かったよ。まぁ、ストーカーがこんなに堂々と出来るわけないし、リングに上がって戦うこともしないだろうよ」

「あ、ありがとうございます。あと、あのー、ＤＶもやめてもらえるんですよね」

「なんだよそれ！」

あこたんの彼氏は、呆れた顔をしながら、声を出して笑いはじめた。

「誰だよオレがＤＶをしてるって言ってるやつは？　プロボクサーのオレが暴力振るったら、犯罪だぞ。ライセンスも剝奪されて試合なんてできないだろう」

「で、でも聞いちゃったので…」

「誰から聞いたか知らないけど、本人に聞いてみたらどうだ？」

ほ、本人に？　直接？　あこたんの方をそっと見てみた。

笑顔で首を横に振っている。

「な、なんだぁ」

「当たり前だろ」

そう言ってあこたんの彼氏とあこたんは見つめ合った。二人の表情は幸せに満ちていた。確信した。あこたんは、彼氏がいることを隠さずにコスプレイヤーとして活動をしていくんだろう。それぐらい大切で本気なんだ。むきー。

「それにしても、まさか両手でパンチ打ってくるとは思わなかったよ。今度の試合で使おうかな」

「本当ですか!?」

「本当に!?」

僕と平田さんが同時に声を上げた。

「冗談だよ。絶対使わねぇ。あんなかっこ悪いの」

全員で声を出して笑った。

窓から空が見える。雲一つなく、どこまでも青くて広い。こんなに綺麗に澄んだ空を見たのはいつ以来だろう。

上を見上げればそこにあったんだ。気が付かないまま日々を過ごしていた。この幸せな風景を忘れないように、瞼をぎゅっと強く閉じ、心に刻んだ。

第2R『正義の拳』完

第３Ｒ『デビュー』

あこたんの彼氏、プロボクサーの宮本さんとの勝負から五ヶ月が過ぎていた。ボクシングをはじめてからは、六ヶ月が過ぎた。

宮本さんとの勝負には、奇策「ダブルパンチ」で勝つには勝ったけど、ボクシングでは相手にならなかった。せっかくプロボクサーの、しかも日本ランカーとスパーリングできたんだ。もっと戦いたかったと後悔するようになってきた。もっと強くなりたい。気持ちがあふれ出し、体の中心が熱くなる。あの勝負の日から週四回以上は練習を続けている。

左右のストレートをなんとかものにし（人並みになったということだけど）、左右のフックを練習中だ。アッパーは何度か教えてもらったけど、まだよく分からない。アッパー以外ならサンドバッグもいい音が出るようになってきた。

最近は平田さんにミットを持ってもらえるようになり、平田さんとマスボクシングも何度かやらせてもらった。実践的な練習が少しずつできるようになったんだ。

ボクシングが楽しい。そして、不思議なことにバイトも以前より苦じゃなくなっていた。仕事終わりに汗をかきサンドバッグを叩くと、翌日、気持ちをリセットした状態で仕事に打ち込むことができた。仕事は捗り気持ちよく充実感もある。そして気が付いたらあっという間に時間が過ぎていた。

趣味以外で充実感を感じたことなんて今までなかった。学校も早く終わってほしいとしか思ったことはなかったし、大学なんて自分の学力で行けるところを惰性で決めて惰性で行った。就活もろくにせず、大学からはじめた今のバイトを卒業してからもずっと続けている。

不満があるとすれば、バイトの後、ジムに来るからアニメやネットを見る時間が減った。

オタク趣味は養分だ。これだけははずせない。

以前は暇を潰すために一生懸命だった気がするけど、今はもっと時間が欲しい。時間が足りないと思ったことなんてなかった。

今日も仕事終わりにジムに来ている。約一時間半の練習を終えようとしていた。今日の練習の内容を反復しながらのシャドーボクシング。これで今日の練習は終わり。

「佐々木君、ちょっとこっち来て」

平田さんが事務所の方から手招きする。ジムの隅に小さな事務所があって、会長が事務処理をやったり、トレーナー平田さんが休憩したりしている。僕は、あんまり近寄ることもないし、入ったこともない。な、なんだろう。一度深く呼吸をし向かった。

「失礼します」

はじめて入るのと、なぜ呼ばれたのか分からず、緊張して落ち着かない。そっと足を踏み入れた。

古めの事務机が二つ並んでいた。一つの机には渋い顔して会長が座っている。名前は、太田正一というらしい。会長とは、入会申し込み時以来、ほとんど会話をしたことがない。正直ちょっと苦手だ。

「はい。これ選手手帳」

平田さんがパスポートのような小さな手帳を差し出した。

「選手手帳？」

「この前、申請書、書いてもらったでしょ」

「えっ？　あ、あの保険に入るとかで書いたやつですか？」

ボクシングを続けるならスポーツ保険に入った方がいいと勧められて申し込んだ。そういえばあの時、申請書が二枚あった。うっすらと選手手帳の事を言っていたような気もする。選手手帳が何のことか分からなかったから、保険と関係しているのかと思った。

「これで試合に出られるね。三月のオープン戦に出ようか？」

「ええええっ！　試合って僕がですか？」

思わず大きな声が出た。試合ってボクシングの試合だよなって当たり前か。

「僕なんかが試合に出ていいんですかね」

僕なんかが。いつもどこかに持っていて、ブレーキをかける。

「アマチュアボクシング連盟に選手登録して選手手帳があれば、アマチュアの公式試合に出られるんだよ」

知らなかった。プロにはプロテストがあるのは知ってたけど、アマチュアは登録が必要だったんだ。しかもその登録が完了しているなんて。こんな僕でも正式にボクサーってことかな。そう考えると喜びが湧き上がってきた。

「試合ですかぁ。出てみたい気持ちもちょっとはありますけど、だけど、僕にはまだ早いというか」

喜びと戸惑い。気持ちの整理が追い付かない。そもそも僕なんかが試合に出ていいのだろうか。選手登録は完了してるといっても、スポーツ経験も実績も何もない。

「やっぱり僕には試合は無理じゃないですかね」

そうだ無理に決まっている。

「あー、でも、ちょっとだけ出たい気持ちもあります」

少しだけ本音も言ってみる。

「でもでも、やっぱり僕なんかには無理かなぁ」

また弱気ないつもの自分が出てきた。

「出るのか！　出ないのか！　はっきりしろ！」

「出ます」

うおっ。口を開いたのは、じっと話を聞いていた会長だった。迫力に押されて思わず出ると答えちゃった。

「最近、『努力しても夢は叶わない』とか『努力は無駄』とか言うやつが増えている。間違ってはない。しかし、言い訳にしてやろうとしないやつも増えている。それが許せない。何事もやってみないと分からんだろう。人には可能性がある。その可能性を自ら放棄してどうするんだ。試合なんて特にそうだ。リングに上がらないと分からないことが沢山ある」

言い訳。僕はいつも面倒なことを避けてきた。そこには、ずっと「僕には無理」という思いがあった。自信がないというか、経験や実績がない「僕なんかが」前にでちゃいけないと思ってた。もしかするとそれは人から見れば言い訳なのかもしれない。

確かにやってみないと分からない。真人くんに向かっていった時も、宮本さんと戦った時も、いままで感じたことがない気持ちが芽生えた。それはやった後に感じた感情。やらないと出てこない感情だった。

平田さんと目が合った。優しく頷いてくれた。

「よし。じゃあ三月のオープン戦で申請するね」

「はい！　よろしくお願いします」

背筋を伸ばし胸を張って事務所を出た。リングが視界に入る。胸がドキッとした。リングの上で戦うこと想像したからだ。不安と恐怖にかられた。まだ見ぬ人と本気で殴り合うのだ。怖くないはずがない。だけど相手も同じはず。だったらこの恐怖を打ち消すしかない。少しでも多く練習して、少しでも自信をつけるしか方法はないだろう。


翌日、いつもより一時間はやく起きた。他の人よりもスポーツ経験がない分、人より多く練習する。それしかないと思ったからだ。まずはランニングと筋トレで基礎的な体力をつけることにした。

ｉＰｏｄに「アイ・オブ・ザ・タイガー」を入れた。ボクシングと言えばこの曲というイメージがあった。調べてみたら映画「ロッキー」の曲みたい。「ロッキー」を見たことはない。今度見て参考にしよう。これだけ有名なボクシング映画だ。試合にも役に立つかもしれない。ちなみにボクシングマンガは結構チェック済み。「はじめの一歩」はもちろん、「あしたのジョー」「リングにかけろ」「太郎」「１ポンドの福音」「ＫＡＴＳＵ！」などなど。

「はじめの一歩」の主人公「幕之内幕一歩」は元いじめられっ子だからちょっと共感できる。でも僕には、育った環境が釣り船屋で、小さい頃から船に乗っていたから足腰が強いとか、そんな設定はない。今からで間に合うのかなぁ。

ｉＰｏｄの電源を入れ「アイ・オブ・ザ・タイガー」を流す。すごいなこの曲。すげえテンション上がるぜ。今日から毎朝五キロランニングするぜ。慣れてきたら毎朝十キロ目指すぜ。

軽くストレッチをして走りはじめた。快調！　快調！　のはずだった。

ハァハァハァ。

あれ？　まだ走って数分だけど…もう苦しい。

ハァハァハァ。

足が重い。お腹が痛い。

「アイ・オブ・ザ・タイガー」が終了した。次に入ってたアニソンが流れ始める。甘い声優さんの声で癒される。同時に闘争心が失われていった…。

ハァハァハァ。

もうだめだ。いきなり五キロは無謀だったな。少しずつ増やしていこう。

今日のランニングは、六分。約一キロ…。

家に戻って、次のメニューだ。腕立て伏せ二十回×三セット。腹筋二十回×三セット。背筋二十回×三セット。スクワット五十回。をやることにした。やるぞ。音楽を「アイ・オブ・ザ・タイガー」に合わせ直し、気合も入れ直した。腕立て伏せ…五回が限界だった。腹筋は十回…。背筋は二十回できたけど、一セットが限界。スクワットは二十回でダウン。汗だくで足がプルプルでもう歩くのもやっとだ。まだ一日ははじまったばかりだと言うのにもうフラフラだった。汗を照らす太陽の日差しが強くなってきた。バイトにいかなきゃ。なんとか身支度をしてバイトに向かった。

試合が決まってから約二ヶ月が経った。試合までは一ヶ月を切っている。

朝練はなんとか続いている。毎日はまだ無理で週三回程度だけど、ランニングは十分間、約二キロ、腕立て伏せ十回、腹筋二十回、背筋二十回、スクワット三十回をなんとかこなせるようになった。理想とはまだ程遠い。でもこれが今の僕の限界。こんな状態で試合に出れるか不安でたまらない。

ジムでの練習は、週四回は必ず来ている。練習メニューはほぼ変わらないが、平田さんがミットを必ず持ってくれ、マスボクシングもほぼ毎回やらせてくれる。ただし本格的なスパーリングはまだやったことがない。気は焦り、不安が募る。不安の解消法も分からない。とにかくできることをやるしかない。そう自分に言い聞かせる。

「おつかれさま。僕も今日はこれで上がりなんだ。駅まで一緒に帰ろうか」

　ジムから帰ろうとしたところで平田さんに声をかけられた。平田さんとジム以外で話したことはほとんどない。人見知り発動。緊張して何を話していいか分からない。

「試合までもう少しだね。どう調子は？」

「は、はい。調子は、悪くないと思います」

「やれそう？」

　平田さんの質問に一瞬戸惑った。何を持ってやれそうなのか、どう答えていいのか、意図するものが分からない。

「試合には出、出ます。でも、自信は…ないです」

　やっぱりまだ試合に「出る」自信すらない。勝つとか負けるとか以前の問題。スポーツ経験もほとんどない僕が出ていいのか。その不安の方が大きい。この思いは、僕だけが感じているものだと思ってる。だってみんな部活とかで、ほとんどの人が試合とか経験あるはず。なのに僕にはない。試合に向けて努力した経験もない。いつも何をやっても続かない。朝の練習だって、ジムでの練習だって中途半端。平田さんに正直に話そうと思った。試合に出ていいのかジャッジしてもらおう。

「毎朝走ることにしたんですけど、結局毎朝は走れなくて。距離も五キロを目標にしてたんですけど、二キロちょっとしか走れてないんです。筋トレのメニューもまだ全部こなせないし。こんな僕が試合になんて、本当に出ていいんでしょうか」

平田さんはこっちを見て微笑んだ。小さな子供に向けるような優しい微笑だった。

「毎朝でないにしろ、短い距離にしろ、走ってるんでしょ。筋トレだってやってるんでしょ。すでにゼロじゃない。イチを積み重ねている。すごい事だよ」

「全然すごくないです。リングの上で笑われたくないから」

自分でも気が付かなかった本音が出た。笑われたくないんだ。いつも僕は笑われ者。オタクで何をやってもうまくできないから。

「本気でがんばっている人のことは誰も笑わないよ」

さらっと言い放った平田さんの言葉が鋭い矢のように胸に刺さった。僕は今、本気でがんばれているのだろうか。いままで何か本気でがんばったことがあっただろうか。

「試合に出るためにジムで練習して、朝の練習も自分で考えて行動したんだ。本気な証拠。本気だからこそ不安なんだと思うよ」

これが本気ってことなのか…？　じゃあ試合の経験もある人も不安ってこと？　それでも「出ていいのか」なんて不安はないだろう。

「平田さんも試合前は不安でしたか？」

質問してから気が付いた。そういえば、平田さんのこと何も知らない。トレーナーやってるぐらいだから、試合経験は豊富だとは思うけど。

「あぁ。不安で不安で。怖くて怖くて」

「平田さんって何戦ぐらい試合したんですか？」

「アマチュアで六戦。戦績は六勝」

「おぉ。全勝ですか！　すごいじゃないですかー！」

「高校生の時ね。でもその後リングに上がれなくなった」

「えっ!?　リングに上がれなくなった？」

「怖くなったんだ。リングが。練習でもリングでも上がれなくなった」

「そ、そんな。今はジムでリングに上がってるじゃないですか！　スパーリングとか実戦練習もやってるし」

「再びリングに上がれるようになったのは、つい最近。もうボクサーとしての適齢期は終わっていたよ」

「な、なんでですか？　なんでそんな事に…」

言葉に詰まる。これ以上聞いちゃいけないような気がした。

「高校生の時に初めて出た試合がアマチュアの大会だった。そこで全勝して優勝したんだ。小さな大会だったけど、周りは期待してくれてね。次は全国大会に行けるとか、日本一目指せるとか、その先はプロボクサーだとか、すごい浮かれようだったたな」

平田さんは目を細めながら微笑んだ。遠く遠くを見つめるように。

「次の大会に向けて練習している時だった。ちょっと調子が悪くて、スパーリングでやられる日が続いてね。すると周りの目の色が変わっていくのが分かった。あれだけ持ち上げておいて、下げる時は容赦がない。次の大会はダメだの、前のはまぐれだの、試合は辞退しろだの、ひどい言われようだったよ」

「そ、そんな」

「すると練習中に突然リングに上がれなくなった。体が動かないんだ。他の練習はできるのに、リングに上がろうとすると体が動かなくなって…。自分が一番驚いたよ。次の日も、またその次の日も、リングには上がれなかった。もちろん試合なんて無理。徐々に練習にも行かなくなって、ボクシングからも離れた」

「そんな事があったんですか…」

いつも元気でトレーナーとしても的確な指導している平田さんにそんな過去があるなんて思いもしなかった。勝手にボクサーとして順調な道を歩んできたと思っていた。

「そこからどうやって、またボクシングをやろうと思ったんですか？」

どうしても聞きたくなった。聞かないといけないような気がした。

「ボクシングを再開したのは、その出来事があってから十年後かな。二十七歳の時だね。今からだと八年ぐらい前。杉並区のアニメ制作会社で働いていて、ボクシングアニメに関わることになったんだ」

「えっ？　アニメ制作会社？」

「そう。今もアニメ制作の進行管理をしてる。自分もどっちかというと佐々木君と同類ってこと」

　平田さんは声を出して笑った。平田さんもオタクだったとは。というかさらっと同類って出た。オタクな話はしてないのにやっぱり分かっちゃうのか。

「取材のために、一番近くにあったこの彗星ジムに来たんだ。その後、他のジムにも取材に行ったけど、彗星ジムは他のジムとちょっと違ってて、面白いってのもあって、ちょくちょくお邪魔するようになった」

「他のジムと違ってる？」

「アマチュアだけのジムって自体が珍しいんだ。そして実は、太田会長は、昔、中学校の先生だったんだよ」

「えっ？　太田会長って学校の先生だったんですか!?」

「それもあって、太田会長は、土日の午前中とか早い時間に子供たちに無償でボクシングを教えてたんだ。最近の子供たちは、体も心も弱いから鍛え直すって言ってね。強面だけど、子供たちには人気あるんだよ。不思議と」

　顔を見合わせて二人で笑った。

「子供たちの練習を見学してる時だった。突然会長が、子供たちにマスボクシングをやってあげろって言うんだ。ボクシングをやってたことは話したことあったけど、リングに上がれなくなってたことは話してなかった。リングに上がれるか不安で怖かったよ。でも純粋な子供たちを見てると、怖さが吹き飛んで、むしろ楽しみになってきて、あっさりとリングに上がれた。当時悩んでいたのは、なんだったんだと不思議でたまらなかったよ」

もちろん僕はその場にはいない。だけど、その時の光景が浮かんでくる。無邪気に心躍らせ、楽しくて仕方ない子供たち。目を輝かせただ純粋に強くなりたくてボクシングをしている。子供たちが無邪気に繰り出すパンチは、夢や希望が詰まっていて、ずっしりと重いに違いない。

「試合に出る自信がないって言ってたね。笑われるかもって」

「は、はい」

「笑われたっていいじゃない」

「えっ？　でも…、恥ずかしいし」

「はじめからできる人なんていないよ。個人差があって当たり前。自分なりにがんばってリングに立ったんなら、それで十分じゃないかな？　リングに上がるからには、勝ちたいと思う人がほとんどだろうけど、リングに上がるって目標の人がいてもいいじゃない」

そういえば、僕は、何のために試合に出ようとしてるのか目標がはっきりしてなかった。試合に出るのに勝ちたいと思ったことがないんだ。なんとなく流れで試合に出ることにした。それでいいのか。本気でやっている人たちに失礼なんじゃないか。心のモヤの原因がはっきりと分かった。

「自分が昔、リングに上がれなくなったのも、目標がはっきりせずに、周りから勝つ事だけを求められたから、怖くなったんだと思う。そもそも、ボクシングはじめた理由が、当時好きだった女の子がボクシングかっこいいって言ってたからだからね」

照れ笑いをしながらも、目つきは真剣だった。

「彼女が言っていたかっこいいも、勝ち負けじゃなかったんだよ。必死で練習して、時には減量して、そこまでしてリングで戦う姿がかっこいいって事だったんだ。気が付くのが遅かったなぁ」

過去の出来事を振り返り、後悔した思いを語る。もしかしたら言いたくない過去かもしれない。それを僕に伝えてくれている。僕も今、必死で練習している。本気でボクシングをやっている人たちに比べたら、まだまだかもしれない。それでも、間違いなく、僕の人生の中で一番本気だ。

「僕、試合に出ます。あっ、出るつもりでしたけど。えっと、胸を張ってというか、努力をしてというか、出ることを目標に、真剣に、出ます！」

「よし。分かった。応援するし、力になる。もし、どうしても試合に出るのが無理そうだったら、そう言ってね。ボクシング続けていれば、次がある。無理はする必要はないから」

「は、はい！　ありがとうございます！」

「そうそう。生野さんも同じ日に試合に出るよ」

えっ！　あこたんが試合に!?

「試合と言っても、演技の部だけどね。女子のアマチュアには、空手の演技と同じように、演技の部があるんだ。点数で競い合うし、C級という基準点をクリアしないと実戦の試合には出られない。試験のような側面もあるんだ。」

「そ、そうなんですね。殴り合いの試合をするわけではないんですね」

「ほっとした？」

心の中を見透かされたようで、恥ずかしくなって平田さんを見れなかった。

「同じジム同士だし、同じ日に試合に出ると仲間意識もできるし、仲良くなれたりするよ」

平田さんが怪しい笑顔を向けている。思わず笑みがこぼれそうなのを我慢するため、髪型を直すフリをした。

「おっと、結構話し込んでしまったね」

いつの間にか歩きを止め、立ち話になっていた。駅はもう見えている。

「じゃあ、自分は歩いて帰れる距離だから、ここで。おつかれさま」

「はい。おつかれさまでした。ありがとうございました」

会釈をして駅に向かう。身も心も軽くなっていた。いまならあのヒゲのゲームキャラよりも高く飛べるかもしれない。

ちなみに、後から知ったけど、平田さんの家は荻窪駅とは逆方向らしい。わざわざ僕の心の重石を外しに来てくれたのだ。もう一人じゃない。一緒に戦ってくれる人がいる。こんなに心強いことはない。


試合まで一週間に迫った週末、ある人物に呼ばれて、僕はアキバにいた。

「コジロー氏。いよいよ来週試合ですなー。楽しみにしてますぞ」

一番仲のいいオタク仲間「@カイエン」氏だ。近況を常にチャットやオンラインゲーム内で話していた。試合直前にいきなり呼びだされたと思ったら、なじみのメイドカフェを貸切にして、オタク仲間を集め壮行会を開いてくれた。

「自分のためにこんな盛大な会を催してくれるとは、感無量であります」

敬礼！　@カイエン氏も敬礼を返す。さらに近くにいた仲間たちに敬礼が伝染する。

「オタクの星ですな。生きて帰ってきてくだされよ」

アニメオタクのなつるさん。

「伝説を作ってくれよな。応援してるぜ」

ゲームオタクのズタさん。

「応援してやるからな。がんばってこいよ！」

最近人気のアイドル育成ゲーム「アイドルライフ」のヒロイン「凛」のコスプレをしている女の子…誰だっけ？

「えっと、あのぉ、ど、どこで、お、お会いしましたっけ？」

「ちょっ、覚えてないの!?　ひどい！」

「あわわ。ごめんなさい」

「アイドルライフのライブにみんなで一緒に行ったじゃないの!!」

アイドルライフのライブには一回しか言ったことないから、あの日なんだろうけど、二十人ぐらいの大勢で行ったたし、はじめて会うメンバーもたくさんいたから、全員は覚えてない。

「あ、ああ！　あの時一緒でしたね！　凛ちゃんのコスプレ似合ってましたよね」

「凛ちゃんのコスプレ、今日がはじめてなんですけど…」

やってもうた。

「あぁ、えっとー。凛ちゃんじゃなかったですね。琴美ちゃんのコスプレでしたっけ。

は、はは…」

「もういい！」

違ったみたい。選択肢を間違え続けてのバッドエンドだ。どうして僕はいつもこうなんだろう。

＠カイエン氏が空気を感じたようで、助けに来てくれた。

「そうそう、みおちゃん。プレゼントがあるんですよな。そろそろお披露目を」

「みおちゃん？」

「私の名前！」

「あわわわ」

みおちゃんは、明らかに機嫌が悪そうに、プレゼントを取りに自分の席に戻って行った。

「コジロー氏。やらかしましたな。彼女の名前は矢沢みおですぞ。しっかりと心に刻んどくのですぞ」

「とほほ。助かるでござる」

みおちゃんが、大きな袋を持ってきた。

「ほら」

顎を上げ目を見ず、ぞんざいに渡された。

「あ、ありがとうございます…」

うれしいはずなのに、申し訳ない気持ちでいっぱいで素直に喜べない。

袋の中には、服のようなものが入っていた。広げるとガウンだった。ボクサーが着ているのをよく見る。キラキラと光る真っ白な生地にアイドルライフのキャラ全員の絵が背中に入っている。

「かっこいい！　かわいい！　すげー!!」

テンションが一気に上がった。

「別にあんたのために作ったわけじゃないから！　みんなが作ろうっていうから、みんなが喜んでくれると思って作ったんだから」

「えっ？　手作り！　すごーい。ありがとう！　来週の試合で着させてもらいます！」

「そんなに喜んでもらえるとは思わなかった…よ」

手作りのプレゼントをもらえるなんて本当にうれしかった。みおちゃんもちょっとだけ機嫌直をしてもらえたみたい。

「コジロー氏。着てみてくだされよ」

「そうですな」

ちょっと気恥ずかしかったけど、みんなの気持ちに応えるため、着てみることとした。

袖を通すと気が引き締まる思いがした。

「おおー！」「かっこいいですぞー」「よっ！　オタクの星！」「うらやましいぞ。このやろー」

　みんなから声援が上がる。

「ありがとうございます。ありがとうございます」

　何度も何度もみんなに頭を下げた。いつもアイドルとかを応援する側だった。応援される側になるなんて思ってもいなかった。期待に応えたい。アイドルの気持ちがちょっと分かった気がした。言いすぎかな。でも、自分の持てる力を全部出してやる。覚悟が決まった。やってやる！　やってやるぞ！


　試合当日。目覚ましが鳴る前に目が覚めた。覚めたというか、ずっと寝ていたのか起きていたのかよく分からない状態だった。浮き足立っているというのは、まさにこんな状態だろうな。すべてが夢の中のようにぼんやりしている。試合のことを考えると怖くなるので、なるべく別のことを考えながら、淡々と準備して会場へ向かった。ｉＰｏｄからアニメの音楽を流す。何のアニメの曲かすら理解できない。重症だ。

　彗星ジムがある荻窪駅から電車で西に二十分ほどの小さな駅。そこにある自動車会社の体育館が試合会場になっていた。

朝が訪れたばかりの休日。小さな駅の小さな街はまだ静かで、会場への道中、ほぼ人はいなかった。会場が合っているか不安になった。ほんとは試合とかなくて、ボクシングをやってたことも、ずっと僕の妄想だったんじゃないか。まだぼんやりした朝の空気がそう思わせた。

駅から歩くこと数分。公民館みたいな外観の会場に着いた。中に入ると二つのフロアに仕切られていた。一つのフロアは、普通の体育館っぽく、広いスペースで、床には、バスケやバレーボールなどのラインが引かれている。一つ特徴的なのは、壁の一面が鏡張りになっているということ。シャドーボクシングに適していた。

もう一つのフロアにはリングが設置してあった。リングの近くにはいくつかサンドバッグもある。いつもは自動車会社のボクシング部が練習に使っているらしい。試合ができるだけあって、設備はどれも立派だった。

特にリングは、試合の規定のサイズで、彗星ジムにあるよりも広く、観客が見えやすいように高さもあった。試合をするのを想定して作ったのだろう。僕自身が、このリングの上で試合するなんて、まだ想像できない。

広いスペースのフロアの方にいくつかの人溜りができていた。ジムや学校などの団体ごとに集まって各自スペースを確保している。周りを見渡してみたが、知った顔はいない。集合時間の三十分前。まだ誰も来ていない。ちょっと早かったみたい。

隅っこのいい場所を確保。荷物を置いてやっと一息つけた。改めて周りを見渡すと、みんな身振り手振りでボクシングの話をしているのが分かる。さっそく鏡の前でシャドーボクシングをしている人もいる。みんな強そうに見える。どう見ても弱そうな僕は、居場所がなかった。すでに誰かに笑われているような気もする。急に心細くなった。

「佐々木君！」

あ、あの声は！　僕の女神、あこたんだ！　やっぱりそうだ。入り口から手を振りながら向かってくる。平田さんと彗星ジム人たち数人と一緒だ。やっぱりかわいいよ、あこたん。自然と笑みがこぼれる。一気に癒された。

「佐々木君、早いね。今日はがんばろうね」

「はい！」

今日はこれからずっと一緒なんだ。考えるだけで幸福感で満たされる。今日をなんとか乗り越えられるような気がした。

「体調はどう？」

聞いてきたのは、平田さん。

「はい。大丈夫です」

平田さんは頷き、荷物を置いた。彗星ジムのメンバーを確認して話しはじめた。

「全員そろってるね。じゃあ、今日のスケジュールを報告します。今日は午前中が女子の演技の部、午後十三時から実戦です。今日は、女子の実戦のエントリーはなかったようなので、午後の実戦は男子のみです。うちのジムから出るのは、女子演技に三名、男子実戦に一名です」

平田さんと目があった。実戦は一名。僕だけだ。

「試合に出る人はこの後、九時半に点呼があって、そのあと、検診と計量があります。十時から女子の演技の部開始になるので、九時半になったら着替えまで終わらせて、リング横に集合してください。体冷えないように、上着は着ても大丈夫です。すぐに試合の格好になれれば問題ないです」

この時点でガウンはまだはやいよな。念のため練習用のジャージを持ってきてよかった。試合まではジャージを上に着ておこう。

「それと、試合が終わった人は帰っても大丈夫です。ジムの責任者の私だけが最後まで残れば大丈夫になってます。帰るときは一言かけてくださいね」

試合が終わったら帰っていいのか。彗星ジムから来ているのは、平田さんと僕を除いて六名の女性。三名が演技に出る人で、三名が応援とか手伝い。あこたん以外面識ないから、みんな午前中で帰っちゃうだろうな。応援してくれる人はもしかしたらゼロかもしれない。ちょっと心細いかも。

「それでは、あとは練習してきたものを出すのみ。自分を信じてやってきたことを出し切りましょう」

「はい！」

出場者全員の声がそろった。ここまで来たんだ。やるしかない。窓からの日差しが強くなってきた。今日という一日がはじまる。


九時半。出場者全員が集まり点呼が行われた。総勢約四十人。全員がリングに向き並んでいる姿は、これからリングの上で戦うための儀式のようにも見えた。

四十人はそのまま流れるように、視力検査や血圧、問診などの簡単な検診と体重計量に進んだ。僕はすべて問題なし。計量では、ほぼ全裸になってギリギリ通った人もいた。苦労する人は苦労してるみたいだ。僕はいつも54キロ。アマチュアボクシングではバンダム級で今回の試合にもバンダム級で出場するから、減量の苦労はまったくない。ギリギリで計量を通ってほっとしている人の表情を見ると、なんだか後ろめたい気持ちになった。

会場に戻ると、先に検診と計量を終えた女子の出場者がグローブと番号が書かれたビブスをつけ待機していた。いよいよ試合がはじまる。脳内で音楽が流れ始めた。映画ロッキーのテーマ「アイ・オブ・ザ・タイガー」。奮い立つようなイントロが戦いの始まりを告げる。

まずは女子演技の部だ。あこたんの姿もあった。ビブスの番号は五番。ビブスをつけたあこたんもかわええ。ビブス姿なんてそれこそ学校とかじゃないと見れないもんね。ボクシングをはじめたからこそ見れる姿だ。ボクシングやってよかった。

一番から四番までが呼ばれてリングの上に上がった。女子出場者は全部で十二人。四人ずつ三組で実施するようだ。

リングの上で二人ずつ二列に並び、その前後には白いレフリー姿の人たちが三人。それぞれ用紙を持って構えている。演技の採点をするための用紙だろう。

「まずはその場でワンツー」

レフリーの指示で静かにはじまった。それぞれが自分のリズムでワンツーをはじめる。レフリーがチェックし用紙に採点を書いていく。

「次、前後にステップ」

出場者は指示通りの動きを次々とこなしていく。

サイドステップ、前後のステップを入れながらのワンツー、サイドステップを入れながらのワンツー。出場者の靴のキュッキュッって音と息遣いだけが会場に響き渡る。

「次はディフェンスです」

その声と同時にグローブをつけた四人の男子が一斉にリングに上がり、女子出場者と対になった。

「まずは、ブロッキング」

レフリーの指示で男子がワンツーを放ち、女子出場者がグローブでブロックする。男子はボクシング経験が豊富そうだ。出場している女子よりもはるかに綺麗なパンチを放つ。

力の差も経験の差もある男子と対峙したからだろう。ここに来てはっきりと差がついてきた。うまい人は男子が鋭いパンチを放っても綺麗にガードできている。下手な人はそもそもリズムが合っていない。ガードの合間をパンチがすり抜け危うく当たりそうになっている人もいる。

レフリーの指示は徐々に難易度の高いディフェンスへと変わる。女子出場者に疲れも見え始めた。

「では、ディフェンス終了です。次に三分間のシャドーボクシングを行います。終わったらリングを降りてサンドバッグの前へ移動してください」

おっ。これで終わりだろうか。男子がさっとリングを降り、同時にゴングがなった。

女子出場者は、力を振り絞りシャドーボクシングをはじめた。

カーン。三分終了のゴングが鳴った。

女子出場者は、息を切らせながらサンドバックの前へ移動する。サンドバッグ前に集合かと思ったら、それぞれサンドバッグの前で息を整えている。あれ？　まだ続くの？

レフリーがサンドバッグの周りを囲む。

「それではサンドバッグに移ります。まずは三分間、ワンツーを打ってください」

指示と同時にゴングが鳴った。まだ終わりではなかった。サンドバッグも見るようだ。確かにサンドバッグは、意外と難しい。実際にものを殴ると衝撃が伝わるから力を使う。体力もすごく消耗する。しかもサンドバッグは重い上に硬いし、揺れるからタイミングも重要。そういえば僕がはじめてサンドバッグを打った時、思いっきり怪我したんだった…。みなさん怪我にはお気をつけください。

サンドバッグはもう三分間続いた。次は、ジャブ、ワンツー。ジャブとワンツーの間、揺れるサンドバッグにタイミングと距離を合わせるためフットワークも必要になってくる。これが難しい。僕もなかなか打てるようにならなかった。女子出場者は、肩で息をしながらも、三分間打ち続けた。さすがに試合に出るだけあって、体力は十分だ。でも実力の差は明らかだった。

ゴングが鳴り、女子出場者はグローブをはずし、タオルで汗を拭いている。みんなすごい汗だ。

「では最後です。腕立て伏せ十回、腹筋十回、背筋十回を二セット行ってください」

ええええっ？　まだ終わりじゃないんだ。しかも筋トレまであるの？　これはきつい。ジムでの練習をすべて見られているようだ。しかも採点されているという緊張とプレッシャーもかかってくる。

女子出場者は、まだ汗が引かない中、所定の場所で筋トレをはじめる。それぞれのペースで進めていいようだ。みんな最後の力を振り絞って必死だ。苦しそうな表情は、見ていられない。なのに目を離せない。なぜか胸が熱くなり目頭も熱くなる。

「おつかれさまです。これですべて終了です。結果は、女子全員が終わった後、向こうの壁に張り出します。おつかれさまでした」

全員が筋トレを終え、リングの前で並んで挨拶で締めくくった。肩で息をする女子出場者が、なんとか声を絞りだして挨拶をする中、レフリーは次の組のためにすぐにリングの上へと戻っていった。

「それでは次の組。五番から八番の選手、リングに上がってください」

いよいよあこたんの出番だ！　五番のビブスをつけたあこたんが精悍な表情でリングの上へと向かう。気合が入っている。

試合はさっきの組と同じ内容で淡々と進んでいく。フォーム、フットワーク、ディフェンス、シャドーボクシング。

あこたんはどれも圧倒的にうまかった。さっきの組を入れてもダントツ。うまい人の動きは華麗でかっこいい。思わず見とれてしまった。見とれるのはいつものことか。てへっ。

しかし、シャドーボクシングの終盤、なんだか表情が曇り始めた。フォームは綺麗だし、リズムもいいけど、パンチに切れがなくなってきた。

そして、徐々にパンチの数が減って、最後はパンチをほとんど打たず、フットワークと動きでなんとか三分間乗り切った。大丈夫だろうか。これからサンドバッグと筋トレが残っている。

苦しそうに肩で息をしながらサンドバッグの前へ向かった。表情は晴れないままだ。サンドバッグがはじまった。

フォームは綺麗。だけどパンチに力はなかった。サンドバッグにはじかれてしまう。体勢を崩し、立て直そうとリズムも狂い始める。体力の消耗も激しいはず。息は整わないまま、汗の量が増えていく。

どこも痛そうにはしてないから、怪我ではないみたい。他の出場者よりもうまかったからこそ、リズムもよく、手数も多かった。それが災いして、飛ばしすぎて体力配分がうまくいかなかったのだろう。

彗星ジムのメンバーも心配そうに見守っている。何が起きているか分からないからだろう。誰も声を出しての応援ができないでいた。彗星ジムのあこたんの知り合いは、プロボクサーの彼氏がいることを知っている。プロボクサーの彼氏に教えてもらってるなら、うまくて当たり前みたいに見られるプレッシャーもあるかもしれない。

ゴングが鳴った。なんとか三分間を乗り切った。しかし、まだ終わってはいない。一分間の休憩時間はあっという間に終わり、再びサンドバッグがはじまった。先ほどより難易度が高い、ジャブ、ワンツーのコンビネーション。

あこたんの体力は限界のようだった。フォームもリズムもめちゃくちゃだった。気力でなんとかサンドバッグを打っている。力も弱々しい。試合開始直後は、一番うまかったのに、いまや見るも無残だった。はやく時間よ進め。心から祈った。

サンドバッグが終わった。力なく筋トレに移る。筋トレはできるのだろうか。

心配は的中した。ものすごく苦しそうな表情で腕立て伏せをなんとか一回こなす。一回やっては休み、一回やっては休む。他の出場者とは比べ物にならないぐらい遅いペースだった。なんとか腕立て伏せ十回を終えた時には、他の出場者は、すでに一セットを終え二セット目に入っていた。

腹筋も同じだった。腕立て伏せほどではないが、遅く、表情も苦しそうなままだった。なんとか背筋まで一セットをこなした時、他の出場者は二セット目を終えた。あこたんが二セット目の腕立て伏せをはじめた時には、あこたん一人になってしまった。

あこたんの終わるのを全員が待つ形になった。

苦しそうに腕立て伏せをするあこたんとそれを心配そうに見守る多くの目線。子供の頃、同じ体験をしたことがある。鉄棒の逆上がりができず、できるまで何度も何度もみんなの前でさせられた。みんなの目線が痛くて、逆上がりどころではない。頼むからみんな見ないでくれ…。

「生野さんがんばってー」

彗星ジムの女子の声援が飛んだ。

「亜紀子さんもう少し！」

「ゆっくりでいいから一回ずつ！」

一声が飛ぶと、次々と声が上がった。応援がますます痛々しくさせた。はやく終わってくれ。お願いだから。

あこたんは必死の形相でなんとか最後まで終えた。終わった瞬間、彗星ジムの女子が駆け寄り、声をかけ、抱きついた。映画のワンシーンみたいだと思うと同時に、痛々しさが増し、胸がつまり苦しくなった。

あこたんがかわいそうで見ていられなくなって、会場を出て、荷物があるフロアへ向かった。自分の試合の準備をするフリをして、荷物を出したり入れたり、鏡の前で軽くシャドーボクシングをしてみたりした。さっきの光景を思い出さないように、頭の中をからっぽにするために必死だった。

「女子演技の部の結果を張り出します。該当者は確認し、Ｃ級合格者は申請をしに係の所まで来てください」

隣のフロアからアナウンスが聞こえてきた。気が付くとあっという間に一時間ほどが過ぎていた。

演技の部の結果。あこたんはどういう結果になるのだろうか。すぐに見に行きたかったが、発表直後は、人が集まっていてじっくり見れないだろうし、何よりあこたんと顔を合わせるのが怖かった。何て声をかければいいのか分からなかったから、時間を置いてからいくことにした。

時計を見ながら十分きっかり経ったのを確認して、結果が張ってある場所へ向かう。想定通り誰もいなくて安堵した。

あこたんの名前を探す。名前の横に採点結果が得点で表示されていて、その得点順に並んでいるようだ。

あこたんの名前は、参加者十二人中十番目にあった。得点六十点を超えるとＣ級合格で、六十点以上の場合は、得点の横に「合格」の文字があった。

あこたんの得点は六十一点。よかったぁ。ぎりぎりだけど無事合格だ。合格者は十名。合格者の中では最下位ということになる。

一位の得点は七十二点。この差がどれぐらいのものなのか正直分からない。でも途中でリタイヤしそうだった後半の出来を考えると、よかったのではないだろうか。ただ、序盤の調子のまま最後までいっていれば、どうなっていたんだろう。もしかしたら…なんて考えはじめるとキリがないか。勝負事って、やっぱり何が起きるか分からない。もうすぐ僕の出番だ。やってみないと分からないことが世の中にはたくさんある。リングに上がるということがどういうことなのか。もうすぐ分かる時がくる。


演技の部の結果の横にもう一枚、紙が張り出された。男子の実戦の対戦表だ。名前と所属と戦績が記載されている。ゆっくりと息をのみ僕の対戦相手の名前を探す。

僕の相手は…、澤田さん。W大学所属。一戦一敗。実戦の経験はあるみたいだけど、まだ一戦だけで、その一戦も負けている。これは少しだけチャンスがあるかもしれない。所属は、W大学…。W大学といえば有名大学の一つで、そりゃあもうリア充だらけのはず。それだけでもう大きな敗北感。できるなら一泡吹かせたい。できるなら…。

W大学のボクシング部は大学のリーグ戦にも出場している。ボクシング部の人数も多いみたい。対戦相手の澤田さんは、リーグ戦のレギュラーを目指して、このオープン戦で実戦の経験と実績を積もうという感じかな。

オープン戦というのはそういう人の出場が多いらしい。大学のレギュラーを目指している人やプロの前に実戦経験を積む人。たまに大きな大会に出場する人が調整試合として出場したりもするらしい。それもあってだろう。なるべく実力差が出ないように、対戦相手は戦績で決まるようになっている。しかも、戦績十戦未満はシニアＡというカテゴリで、一ラウンド二分の三ラウンド制だ。もちろん僕もこのカテゴリに入る。一ラウンド二分。一分短いとぜんぜん違う。初心者にはありがたい。

試合は階級の軽い順に、さらに戦績の少ない人から行われる。僕の階級は、三番目に軽いバンダム級。試合は四試合目だ。すぐに出番は回ってくる。出番が近いことを再認識して、また緊張してきた。

「男子実戦を開始致します。一試合目、二試合目の選手はグローブを取りに来てください」

アナウンスが入った。いよいよ試合がはじまる。ちなみにグローブは、大会運営側が用意をすることになっている。メーカーによって若干重さとか質感と違うから公平にするためらしい。

徐々にリングの周りに人が集まりはじめた。会場の空気が集まった人と同じだけ重くなり、緊張感に包まれていく。各リングサイドに白いレフリー姿の人が一人ずつ計三人スタンバイした。判定用の採点をするためだ。

もう一つのリングサイドには、ゴングが置かれ、アナウンスする女性と採点を集計する女性が二人座っている。

準備が進むにすれ会場の空気が変わる。ただリングが置いてある空間だった場所が、人が集まることで、熱気を帯びたボクシングの試合会場になった。そこに、ユニフォームとヘッドギアを身に着けた選手がセコンドと一緒にやってきた。赤コーナーと青コーナーのリング下でグローブをはめる。息を吸うように当たり前に行われているが、僕にとっては、いままで見たことない非日常がそこにあった。

レフリーがリングの上へ上がった。レフリーは、両選手の準備ができたのを確認し、手招きをして両選手をリングの上へ上げた。

「ただいまより男子実戦、ライト・フライ級の試合をはじめます。赤コーナー、藤井スポーツクラブ所属、亀井くん」

淡々とした女性のアナウンスが流れる。パチパチパチ。拍手も控えめ。やっぱりプロの試合とは盛り上がりがぜんぜん違う。地味だ。

「青コーナー、T大学所属、松村くん」

パチパチパチ。アナウンスが終わるとレフリーが各選手のところに行って、ヘッドギア、マウスピース、グローブのチェックを行う。会場は静寂に包まれている。世界のすべてがリングに上に注目しているように思えた。

チェックを終えたレフリーは中央に向かい、手で合図をし両選手を呼んだ。両選手は、中央でグローブを合わせ軽く会釈をし、はじけるように各コーナーへと戻っていった。レフリーは、リングサイドにいる三人のレフリーに指を差し確認し、軽く腕を上げた。試合の準備が出来た合図のようだ。

「一回目」

淡々とした女性のアナウンスが流れた。アマチュアでは「一ラウンド」「二ラウンド」ではなく「一回」「二回」と呼ぶらしい。

カーン。アナウンスの後、ついにゴングが鳴った。

両選手が跳ぶように中央に向かい、同時に左右のパンチを繰り出した。相打ち。どっちのパンチも頬に入り、両者ぐらつく。両者体勢が崩れたのをこらえながら、今度は右のパンチを繰り出す。またもや相打ち。その後も、両者捨て身のパンチの応酬が続いた。捨て身なのか、それともスキル的にガードができないのかは分からない。とにかく必死にパンチを振り回している。

「この試合が終わったら、準備をして青コーナーに集合な」

気が付いたら平田さんが隣に来ていた。自分のものとは思えないほど固くなった首をなんとか縦に振り、頷き答える。平田さんも頷き、背筋を真っすぐ伸ばし歩いて去っていった。

試合は、パンチの応酬が続いたまま、最終三ラウンドに入った。パンチを出し続けてはいるが、両者ともスタミナはとっくに切れて、力のないパンチの応酬が続く。お互い鼻血が出て、顔が赤く染まっている。もう倒す力は出ないようだ。どちらが数多くパンチを出し続けるかがこの試合の勝敗を決めるだろう。最後の体力を振り絞ってパンチを繰り出している。一つでも多く。一歩でも前に。もうすぐ勝敗が決まる。どっちかが勝って、どっちかが負ける。無理なのは分かっているけど、両方勝者になってほしいと思った。

カーン。試合が終わった。結果を聞く前に隣のフロアへ向かう。結果を聞くのが怖かった。勝敗がついてしまう現実を見たらリングに上がれなくなるような気がした。ジャージを脱ぎユニフォーム姿になると、気が引き締まると同時に、体が震えた。目の前の鏡に左右対称の自分が映っている。鏡に映る自分が、誰だか知らない他人に見えた。

ユニフォームの上にみおちゃんが作ってくれたガウンを着た。アイドルライフのキャラクターが背中に描かれている。みんなが後押ししてくれているようで心強かった。心も温かくなった気がした。目を閉じて深呼吸し、リングに向かった。

青コーナーに着くと、ちょうど前の試合がはじまるところだった、あと十分もすれば僕の試合がはじまるということだ。

平田さんを探して周りを見ると、あこたんがこっちに向かってくる。青いグローブを持っている。もしかしてあこたんが取りに行ってくれたの!?

「佐々木君、試合がんばってね」

左のグローブの口を広げ待っている。僕はしっかりと奥まで腕を入れた。

「あ、ありがとうございます。あの、演技、おつかれさまでした。なんというか、その…、えっと…」

「ペース配分間違っちゃった。でもC級合格できたから、よかったかな。今度は、佐々木君の番だね。ペース配分には気をつけてね」

肩をすぼめ「てへっ」って言っているようなしぐさをする。めちゃくちゃかわええ。演技の試合の事も落ち込んでないようでよかったぁ。ほっとしたら、気持ちが楽になった。

右のグローブもヘッドギアもあこたんが付けてくれた。あこたんとの距離が近い。至福の時間だった。これから戦場に向かう男と別れを惜しむ女。大丈夫。僕は生きて帰ってくるからね。

そういえば周りの人が、やたらに僕の事を見ていることに気が付いた。もしかして、あこたんの彼氏だと思ってうらやんでるのかぁ!?

「おおお。そ、その格好は、な、何!?」

セコンドで使う道具を両手いっぱいに持った平田さんが驚いている。格好？　ガウンの事？

「このガウンの事ですか？　いいでしょう。友達がつくってくれたんです。僕の好きなアイドルライフのキャラクターまでプリントしてくれたんですよ。ちょっと派手ですかねぇ」

「あ、あのさ。ガウンって、プロボクサーの、しかも上位ランカーぐらいからしか着ないんだよ…。アマチュアの試合で着てる人はじめて見た…」

「えっ？」

顔が赤くなるのが分かった。そういえばこっちを見てる人、全員が笑いを我慢している…。

こういう時こそ平常心、平常心。ガウンをさっと脱いで。くるくるっと丸めた。あこたんがさっと受け取ってくれた。

平田さんは咳払いをして、手に持った道具を確認しはじめた。あこたんも一緒に確認する…フリをしている。一連の動きが面白かったのか、クスクス笑いだした人もいる。恥ずかしかったけど、おかげで緊張がちょっとだけほどけたようだ。ガチガチだった体の力が抜け、自分の体に魂が戻ったように、自由に体が動かせるようになった。

リングの上では、前の試合が終わったところだった。試合を終えた両選手がリングを降りてくる。いよいよ僕の試合がはじまる。空っぽになったリングへ向かう。

リングへ上がる一歩手前で平田さんの「深呼吸」という声が聞こえた。その場に立ち止まり、大きく深呼吸をする。平田さんも一緒に深呼吸している。

「ガードを絶対に下げないように。パンチをもらわなければＫＯ負けはないから。アマチュアだとクリーンヒットでダウンを取られることもある。二回ダウン取られると終了だから、気を抜くとあっという間に終了するよ。いいね。ガードを絶対に下げないように」

ガードを下げない。ガードを下げない。自分に言い聞かせ大きく頷く。

「よし！　行こう」

平田さんは気合を入れるようにお腹から声を出した。さっとリングの淵に上がり、ロープとロープの間に体を入れて、僕が入れる隙間を作ってくれた。ロープの間をくぐりリングに上がった。

リングの上から見る光景は、いままで上がった高い所のどこよりも高く感じた。

「続きまして、バンダム級の試合をはじめます。赤コーナー、Ｗ大学所属、澤田くん」「澤田ー！　ファイト！」

綺麗にそろった大勢の声援が飛んだ。Ｗ大学のジャージを着ている人が多数だ。さすがはW大学。リア充め。

「青コーナー、彗星ジム所属、佐々木くん」

「こっちも負けてられないでござるよ。せーの」

あの声は！　オタク仲間の＠カイエン氏。声の方を見るとその他にもオタク仲間が数人来ていた。みんな来てくれたんだ。ありがとう。ありがとう。心で何度も感謝の気持ちを繰り返す。ひとりじゃない。僕には帰れる所があるんだ。

「コジロー氏★％＃＄ｌ」

「佐々木殿★％＃＄ｋ」

「がんば★％＃＄」

あわわ。応援は全員バラバラでグダグダ。会場に笑いが起きた。オタク仲間へ感謝の会釈と会場にいる人たちに謝罪の会釈をする。は、恥ずかしい…。感謝の気持ちを羞恥心が上回った。穴があったら入りたい。

レフリーが来てヘッドギア、マウスピース、グローブをチェックをし、中央へと戻った。手で合図をし中央へ来るように促した。えっと、確かグローブを合わせて、あいさつをするんだったな。

恐る恐るリング中央へ向かう。相手の顔は怖くて見られない。相手は僕の顔を見てるようだ。気合の入った視線を感じる。睨んでる？　もしかして睨みつけてる？　グロープを合わせ、逃げるようにリングサイドへ戻った。

「一回目」

女性の淡々としたアナウンスと同時にゴングが鳴った。女性のアナウンスは録音したかのようにいつも同じトーンだ。感情がこもってない。感情こめちゃダメなのかな。

「痛っ！」

くだらないことを考えていたら、相手選手が目の前にいた。思いっきりパンチが当たったようだ。あれ？　なんだ？　体が動かない。相手選手のワンツーが飛んでくる。見える。なのに動かない。ワンツーを綺麗にもらった。

相手の距離がさらに近くなった。ど、どうにかしないと。左アッパーが飛んできた。

「ストップ！」

左アッパーも綺麗にもらって尻餅をついた。全部のパンチをもらった。人間サンドバッグとはまさにこの事だな…。

「ワンー、ツー、スリー…」

カウントがはじまった。立たなきゃ。

「澤田ー！　ナイスパンチ！　相手立てないぞ！」

相手への大きな声援に心が折れそうになる。

「わ、我々も応援、応援するのです！」

「コジロー殿★％＃＄１」

「佐々木氏★％＃＄ｋ」

「立て、立つんだジョー。あぁ、間違った★％＃＄ｋ」

またもや笑いが起きた。でも今度は恥ずかしさはなかった。オタク仲間のみんなしい応援だ。力が湧いてきた。応援ってこんなにも力が出るものなんだな。

僕は立ち上がりファイティングポーズを取った。レフリーがじっと目を見ている。

「まだやれます」心の中でつぶやき頷いた。お願い。やらせてください。

「ボックス！」

再開だ。よかった。まだ何も試せてない。やるだけやるんだ。まずは、ガードを上げなきゃ。なぜかガードって下がっちゃうんだよな。宮本さんとやったときを思い出そう。確か、左拳はこめかみにつけて、右拳は頬につける。よし。これだ。

相手の顔を見るのも怖いから、猫背にしてガードの合間から相手の足を見よう。相手がものすごい勢いでこっちに向かってくるのが分かった。わわわ。

「チャンスだぞ澤田！　倒せー！」

相手は倒す気で来る。地面に見える相手の足が止まったところで、左側に回った。相手のワンツーが空振りするのが見えた。勢いあまって前のめりになっている。チャンスかも。

「えっと、ガードは上げたまま。その場でワン、ツー」

声に合わせてワンツーを放つ。手ごたえがあった。

「よっしゃ！」

当たったのは相手の肩だった。それでも当たった喜びで思わず声が出た。

「続けていくぞー！」

「ストップ！」

えっ？　何？　もしかしてダウン取った!?

「君、試合中にしゃべったらダメだよ。今度やったら失格にするからね。いいね」

えっ？　しゃべったらだめなの？　知らなかったよ。

「ボックス！」

やばい。あと一回ダウンするとＫＯ負けだし、しゃべったら失格だ。絶体絶命。

と、とにかくガードを上げて、足を見る作戦は続行しよう。あれ？　この流れはもしかして宮本さんの時と同じ…ということはあの必殺のパンチ、ダブルパンチか!?

相手の足が向かってくるのが見える。パンチが届く位置に来た所で左側に回った。その場でワンツー。今度はパンチは当たらない。

相手は一旦距離を取ってまた向かってきた。が、ジャブが届くぎりぎりのところから入ってこず、ジャブを放つ。僕のガードにズシリと重い衝撃が走る。僕はその場でワンツーを放った。相手は距離を取り、空振り。また相手が入ってきたかと思ったら、ジャブを放った後、すぐに距離を取った。僕はまたワンツーを空振りする。

何度か同じ動きを繰り返した。すると、急に体が重くなった。肩で息をするも、息は整わない。やばい。全力でワンツーを空振りし続けて体力がなくなった。

相手のステップが早くなった。これを狙ってたな。倒しに来る！　ガードを、とにかくガードだ。こらえろ！　相手が体勢を低くして向かってきた。ボディ狙いか？　それともアッパーか？　とにかく下から攻撃してくるぞ。ここしかないダブルパンチだ。

「ストップ！　コーナーへ」

レフリーが二人の間に割って入ってきた。いつの間にかゴングが鳴ってたみたい。夢中で気が付かなかった。相手のアッパーは食らわなかった。ダブルパンチも不発だ……。

「大丈夫か？」

「な、なんとか」

「立ってくれてよかった。終わったかと思ったよ。思わず声出しそうになって危なかったぁ。自分が声出して失格になったら、合わせる顔がないからね」

「えっ？　セコンドも声出したらダメなんですか？」

「そうだよ。アマチュアの試合では、セコンドは声を出せない。もちろん選手も」

目で訴えかけていた。

「ご、ごめんなさい」

「後半はよくなってきたね。ガードもしっかりできてたし、ワンツーも綺麗に打ててた」

「でも当たらないし、空振りすればするほど体力がなくなっていきます…」

「全部のパンチに力が入っているからね。そのおかげで相手は怖がって入ってこない。次のラウンドはこれを利用しよう」

「利用？」

「同じようにガードを上げて、左に回ってワンツー。一番最初のワンツーだけ思いっきり力を入れて。で、二回目からも同じ動きなんだけど、ワンツーは力を抜く。何回か繰り返したら息が上がったフリをしよう」

「息が上がるフリ」…できるかなぁ。でもいつもオタクっぽいと言われる所以のオーバーリアクションができてるから、オタクの力の見せどころかもしれない。

「そしたら懐に入ってきて下から攻撃してこようとするはずだから、そこにカウンターを合わせよう」

「カウンター!?」

「パンチを当てることを考えなくていいから。来たと思ったら、手を伸ばすだけでいい」

む、難しい…。できるだろうか。

「できる?」

やるしかない。今の僕には、他にいい方法が思いつかない。

「分かりました。やるだけやってみます」

平田さんがゆっくりと頷く。覚悟を決めたような表情だった。覚悟を決めるのは僕なのにと心がクスッとやわらいだ。

「深呼吸!」

二人で深呼吸をした。深く深く。

「カーン」ゴングが鳴った。

「二回目」女性アナウンスの声が会場に響く。

「よし! 行ってこい!」

平田さんが背中を押す。押された場所が温かい。そういえば家族以外に体をふれられることはあまりなかった。ふれられることが好きではなかった。でもいまは心地よい。ひとりじゃないとしみじみ思う。みんなの気持ちを背負い再び戦いに赴いた。

ガードを上げ、猫背になって相手の足を見た。ゆっくりと向かってくる。パンチの届く位置に入ると、ジャブを打ってくる。一つ、二つ、三つ。ガードに衝撃が伝わる。ガードの上からでもパンチをもらうと気持ちが焦る。何かしなきゃ。ジャブを返す。空振り。すでにバックステップで距離を取られている。一発の空振りでも体力が奪われていく。フー。深く息をした。あと何発撃てるのか。限界が迫っている。

　再び相手との距離が近づいた。ジャブを打ってくる。これに合わせて左に回ろうとしたけど、相手はバックステップで距離を取り左に回れない。何かしなきゃと焦り、当たらないと分かっているけどパンチを放つ。

　相手のパンチがガードに当たる。それに合わせパンチを放つ。なるべく力を抜いて。この攻防が数回続いた。作戦通りにまったくいかない。このままじゃ埒が明かない。体力消耗も激しい。こっちから仕掛けるしかない。

　相手がガードにパンチを当ててきた。まったく何度も何度も。そんなにノックしたって、開けるものか。その瞬間を狙った。いままではその場でパンチを放ち、かわされていた。今度は思いっきり踏み込んでみた。相手に体をぶつける勢いだ。相手と体がぶつかる直前で思いっきりパンチを放つ…とその時、下から衝撃を受けた。相手は潜り込むぐらい体勢を低くしてボディにパンチを当ててきた。ぐっ。苦しい。そのまま体を浮き上がらせる力を利用してアッパーを繰り出してきた。アゴにヒット。やばい。足の力が抜ける。倒れそう。

いや。ダメだ。あきらめるな。パンチを…出すんだ。体勢を崩しながら、なんとか右パンチを伸ばす。あれ？　手ごたえあり。まさかのヒット。相手が左を出そうとした所にカウンターが入った。形は違ったけど、作戦は的中した。

当たる距離にいる、いましかない。全力を出すんだ。

ジャブ。ワンツー。今まともに打てるパンチはこれしかない。

ジャブ。ワンツー。とにかく必死で、当たっているのかさえわからない。

ジャブ。ワンツー。打つたびに顔とボディに痛みが走る。相手のパンチをもらった。

それでも…。

ジャブ。ワンツー。酸素が薄い。気が遠くなりそうだ。

ジャブ。ワンツー。色んな人の顔が浮かんできた。

ジャブ。ワンツー。みんなにお礼を伝えなきゃ。

ジャブ。ワンツー。みんなありがとう。みんなのおかげでリングに上がれたよ。

ジャブ。ワンツー。もうダメかも…。目の前が白くなる…。

「ストップ！」

白いのは、レフリーだった。

「両者コーナーへ」

ゴングが鳴っていたみたいだ。また気が付かなかった。鼻を打たれてツーンとしている。目に涙がたまり視界がはっきりしない。青いコーナーらしき方へ向かう。足が思うように動かない。

パチ、パチ、パチ、パチ。

会場中から拍手が聞こえる。

「よくやった」

「ナイスファイトー！」

声援が飛ぶ。相手選手にかと思ったら、違うようだ。僕も含めた二人に声援が飛んでいる。涙がこぼれた。応援されるってこんなにも幸せなことなんだ。

「ナイスファイト」

平田さんが汗と一緒に涙も拭いてくれた。涙って気が付かれただろうか。泣いていると思われたくなかった。

「次が最終ラウンド。やれる？」

息が上がり返事ができない。何度も何度も頷いた。

「深呼吸」

大きく息を吸い、大きく息をはいた。平田さんも一緒に。

そういえば、なんで平田さんはいつも一緒に深呼吸するんだろう。疲れてるのはこっちなのに。しかも平田さんは深呼吸するときに目も大きく開け、息をはくときには目を閉じて口を尖らせ、タコみたいな顔になる。その顔を思い出して、噴き出しそうになった。

「楽になりました。ありがとうございます」

「次のラウンドだけど、特に作戦はない」

「へっ？」

「ガードを上げて、ジャブ、ワンツー。これだけでいこう」

確かに。考えながら動けるほど、体力は残っていない。いまできること、それをすべて出すんだ。

「結局最後は、がんばれた人が勝つ。やってきたことを出せる人が勝つ。自分を信じて、いまの全部を出してこい」

「はい！」

「あの、平田さん。いままでありがとうございました」

「な、何!?　どうしたの？　いきなり」

「いや、試合できるまでになったのは平田さんのおかげだなと思って」

「まだ終わりじゃないよ。これから、これから」

平田さんはうれしそうだった。伝えてよかった。リング下のあこたんと目が合った。

やっぱ、かわいい。心配そうな表情をしている。僕のためにそんな表情してくれるなんて。ありがとう。と心の中でつぶやいた。

あとたったの二分。アニソン一曲よりも短い。全部の力を出し切ってやる。

「三回目」

よし！　行くぞ。ガードを上げた。ガードの合間から相手を見る。今度は足だけじゃなくてしっかりと顔を見た。ちょっと怖いけど、戦った人の顔をしっかりと覚えておこうと思った。

お互いゆっくりと中央へと向かう。中央にたどり着くと、どちらかともなくグローグを合わせあいさつをした。

相手の目が険しくなった。こんな僕と本気で戦ってくれている。僕も応えなきゃ。本気で立ち向かわせていただきます。

踏み込んで全力でワンツーを放った。ツーの右ストレートに、カウンターを合わされた。痛い。痛いのは当たり前か。一発もパンチを食らわないなんて不可能だ。耐えろ。耐えるんだ。歯を食いしばり、ジャブを返した。あっさりかわされる。前のラウンドでは手応えのあるパンチが当たった。どうしたか思い出せ。

そうだ、体がぶつかるぐらい踏み込んだんだ。かわせないぐらい距離を詰めればいいんだ。

体をぶつける勢いで踏み込んだ。ヒラリとかわされた。右側に回られ、ワンツーが飛んできた。普通にパンチを打ってもダメ。体ごと向かってもダメ。ど、どうすればいいんだ？

迷っているうちに相手がラッシュをかけてきた。ガードを固めろ。ガードの上からパンチ当たる。重い。相手も全力だ。ここで力を抜いたらやられる。んっ？　背中に何かが当たる感触があった。コーナーだ。やばい。相手のラッシュで少しずつ後ろに下がって、コーナーに追い詰められていた。

相手のパンチが上と下に交互に飛んできた。上のパンチは完全にガードできているけど、下からのパンチはボディに突き刺さる。体が「くの字」に曲がる。

このままじゃやばい。大げさに体を思いっきりくの字にしてみた。そこからくの字になった体を戻すのに合わせて右アッパーを出した。当たった！　相手がのけぞるように体勢を崩した。

その隙をついて左に回った。コーナーからは脱出できた。けど、まだ後ろにはロープがある。もう一回、左に回った。いけた。半周回ることに成功し、相手の背中にコーナーが見える。押し込めば、コーナーを背負わせることができるかも。いまこそラッシュだ。

ジャブ、ワンツー。ジャブ、ワンツー。相手が少しずつ下がっていく。ここが正念場だ。とっくに限界は来ている。最後の力を振り絞る。ジャブ…。えっ？　相手が前に出来てきたと思ったら、クリンチされた。クリンチってはじめてされた。ど、どう回避すればいいんだ!?　横腹が痛い。クリンチしながら相手は横からボディを打ってくる。

この、離れろ。ガードを伸ばし相手を押した。あっさりと離れた。と、すぐにパンチが飛んできた。開いたガードをすり抜け、右ストレートを綺麗にもらった。前のめりに倒れこむ。相手の体があった。偶然にも今度はこっちからクリンチする形になった。今度は相手が体を突き放すように腕を伸ばした。いまだ。渾身のワンツーを繰り出した。当たった。この試合一番の手応えだった。クリーンヒットだ。

それでも相手は平然とパンチ打ってきた。もう僕にパンチを出す体力は残ってなかった。相手が向かってくる。もうだめだ…。

カン、カン、カン。

その時、試合終了のゴングが鳴った。

お、終わったー。なんとか最後まで立っていられた。もう体力はすっからかんだ。その場に倒れこみそう。でも、リングを降りるまでが試合だ。フラフラになりながら、なんとか中央のレフリーの横に並んだ。判定の紙が集められ、集計をしている。もうすぐ判定の結果が発表される。どちらかが勝者でどちらかが敗者だ。

静寂。会場に緊張が走る。

「ただいまの試合の結果は、赤コーナー、澤田くんの判定勝ちでした」

相手側の応援がドッと沸いた。レフリーが勝利者の腕を掲げる。掲げた腕がまぶしかった。

高い。果てしなく高い。相手選手が駆け寄ってきた。あいさつしようと頭を下げたら、ハグをされた。相手選手は飛ぶようにリングを駆け回り、レフリーやこちらのセコンドに頭を下げあいさつをし、赤コーナーの歓喜の輪へと消えていった。僕はゆっくりとあいさつをして回り、青コーナーへと戻る。

「おつかれさま。よく最後までがんばったね」

「ありがとうございます。何とか最後まで立っていられました」

平田さんと一緒にリングを降りる。上がる時には不安だらけだったけど、降りるときは清々しく、視界がくっきりと開けていた。負けてしまったけど、やりきったんだ。それで満足だ。

リングの下には心配そうな表情のあこたんがいた。

「おつかれさまでした。いい試合だったよ。体は大丈夫？」

「ありがとうございます。なんとか大丈夫です」

「ボクシングはじめたばかりでここでやれるなんて、すごいことだよ。尊敬しちゃうな」

「そ、尊敬だなんて。てへ」

「てへ」なんて使っちゃった。照れ隠しで笑ってみせる。あこたんも笑顔になった。あこたんはやっぱり笑顔が一番よく似合う。

「今日は疲れただろうから、このまま帰宅していいよ。もし具合が悪くなったりとか、気になることがあったらすぐに連絡して」

「はい！　あの、今日は…、いえ、いままでありがとうございました。試合に出られてよかったです。おつかれさまでした」

いままでの人生でないぐらい疲れた。帰ったらぐっすり寝よう。そうだ。帰る前にみんなの所にいかなきゃ。

オタク仲間の元へ駆けつけた。

「いやー。惜しかったですなー」

@カイエン氏が真っ先に声をかけてくれた。

「いえいえー。わざわざ遠くまで来てくれたのに、面目ない」

「かっこよかったですぞぉ。これでリア充の仲間入りですな」

みんなで笑った。

みんなが来てくれて、本当に心強かったんだ。ありがとう。

順番にお礼を伝え、ひとりひとりに両手でしっかりと握手をした。

最後の一人は、みおちゃん。正直みおちゃん苦手なんだよなぁ。

「別にあんたを応援しに来たわけじゃないんだからね。ガウンを見に来ただけなんだから」

ほら。言葉が冷たいというか鋭い。ちょっとこわい。

「あ、そうなんだ…。わざわざ来てくれて、あ、ありがとう」

一人だけしない訳にはいかないから、みんなにしたように両手で握手した。大丈夫かな？　手を触ってキレたりしないかな。

大丈夫だった。よかった～。何言われるか分かったもんじゃない。早くみおちゃんから離れよっと。

「でも、見に来てよかったよ。あんた、かっこよかっ…。ちょ。最後まで聞きなさいよ！」

「えっ、あ、ごめん。行かなきゃ。またね」

隣のフロアで帰る準備をしていると、ゆっくりとこちらに向かって来る人がいた。会長だ。見に来てくれてたんだ。会長とは、ほとんど会話をしたことはない。正直、苦手。でも今日は、僕のがんばりを認めてくれるかも。

「おつかれさまです。見に来てくれたんですね。ありがとうございます！」

「おつかれさま」

沈黙。深く息をつき、ゆっくりと口を開いた。

「お前は…なんで負けたのにへらへらしてられるんだ？」

えっ？　だ、だって…やれるだけやったし…。

「悔しくないのか？　本気でやったんなら、悔しくて、悔しくてたまらないはずだ」

そりゃ、勝てるなら勝ちたかった。けど…、でも、だって…。

会長は、険しい表情をして、去っていった。僕は言い返すことも、会長の方を見ることもできなかった。


帰り道。駅までの道が遠く感じた。足取りが重い。体が疲れているだけじゃない。会長の言葉が突き刺さっていた。

通りに人の姿は見当たらない。さっきまでの会場の熱気がうそのように静かで、この世界に一人だけになったような気がした。今日の出来事が現実だったと実感できるようになるには時間がかかるかもしれない。

視線のずっと先、遠く遠く先に人影が見えた。あれは、あこたんだ。間違いない。走って追いかけようかと思ったけど、様子がおかしい。

顔を隠すようにうつむき、ゆっくりゆっくり歩いている。肩が揺れていた。長い髪も一緒に揺れる。あこたんは泣いていた。

あこたんは、あの演技に、あの成績に、納得していなかったのだ。それでも気持ちを押し殺し、笑顔を見せてくれていたんだ。

悔しい。悔しいと思えなかった自分が悔しい。気が付かなかった自分が悔しい。自分のことしか考えられなかった自分が悔しい。もっと強くなりたい。強くなって自信を持てば、きっと周りを見る余裕もできるはずだ。

長く感じた一日だったけど、日はまだ真上にあって、今日という日を照らし続ける。

第3R『デビュー』完

第４Ｒ『リベンジ』

スマホから一番好きなアニメの曲「スパーク」が流れている。「熱く諦めない気持ちを燃やせ！」ありきたりの歌詞だけど、気持ちが折れそうな時に奮い立たせてくれる。ゴールまでラストスパートだ。体がもうやめなよってささやいてくる。ささやきを振りほどき、顔をゆがめながらなんとかゴールした。よし！　今日も五キロを走りきった。息を整えながら次の曲をかける。ロッキーのテーマ曲「アイ・オブ・ザ・タイガー」だ。まだ終われない。高い壁に挑むためには、ここで満足してはダメなんだ。この後、腕立て伏せ二十回×三セット、腹筋二十回×三セット、背筋二十回×三セット、スクワット五十回やるんだ。気持ちを切らさないために、毎回「アイ・オブ・ザ・タイガー」をかけている。この曲はすごい。気持ちを高ぶらせてくれる。片っ端からボクシング関連のマンガ、アニメ、映画を見た。映画のテーマソングだったから知ったが、それ以外にも様々な所で使われていた。アニメソングしか聞かなった僕にとって未知の領域。でも入ってしまえばなんてことない。新しい知識は新しい自分を見つけるきっかけになった。ハマったら徹底的に追求する。それもオタク気質だからできるんだろうな。オタクでよかったとしみじみ思った。

今日で、はじめての試合からちょうど一ヶ月が経った。試合の結果は判定負けに終わった。負けたけど、色々なものを得ることができた。

一番大きかったものは、人の視線が気にならなくなったこと。リングの上で戦うことに比べれば、ほとんどの事が些細なことに思えた。すると自然に人の視線を気にしなくなっていた。

人の視線が気にならなくなると、行動も変わっていた。仕事でも自分の意見が言えたり、積極的に行動できるようになっていた。

よく考えてみたら、ボクシングをはじめて、得るものばっかりだった。逆に、何も失ってない。元々失うものなんて何も持ってなかったのかもしれないけど。

もっとボクシングを本気でやろう。そう決めた僕は、朝の自主練習の内容を増やして一ヶ月間続けてみることにした。

そして、今日、一ヶ月間続けることができたんだ。毎日五キロ走ることができたなんて、以前の僕では考えられない。感動。やればできるもんだなぁ。続けてみて分かったことは、自分を変えられるのは、自分ということ。

試合に出たからと言って、突然体が強くなったわけでもなく、スタミナだって急にはつくわけではない。長距離を走るのが苦手な僕なのに試合翌日から五キロ走ることができた。そりゃはじめはきつかったけど、やりとげよう、これで変わるんだ、と強く思うことで走りぬくことができた。強く思う気持ちとあきらめない心があれば大概のことはできるんじゃないかと思いはじめている。

一ヶ月間、朝練を続けられたらやろうと思っていたことがあった。次の試合への出場だ。次こそ勝ってやる。勝つためにリングに上がるぞ。さっそく今日ジムに行ったら申請しよう。

ジムに着くなり、事務所へ向かった。決意が揺らがないうちに早く伝えたいと思った。深呼吸し、気合を入れドアを開ける。

「たのもー！」

「なんだ!?　道場やぶりか!?」

しまった。気合が入りすぎて、間違えた。

「す、すいません。間違えました。失礼します」

平田さんの姿はなく、会長だけだった。会長は、声を出して笑っている。会長の笑っている顔はじめて見たかも。場が和んでよかった。狙ったわけじゃないけど。

「どうした？」

「あ、あの、また試合に、試合に出たいです」

会長が真っ直ぐ僕の目を見た。

「そうか。ちょっと待ってな」

引き出しから試合のスケジュール表を出した。なんだか、会長の僕に対する態度が柔らかくなっているような気がした。

「次は…、三ヶ月後にオープン戦があるな。三ヶ月後で大丈夫か？」

「はい！　大丈夫です」

「分かった。この試合にエントリーしておく」

「ありがとうございます」

よし。練習だ。試合に向けて練習も気合入れていくぞ。

「いい表情になったな」

えっ？　会長から僕に話してくれるなんて思いもよらなかったから驚いた。

「あとでミット持ってやるから、体温めておけ」

「は、はい！　よろちく、あ、よろしくお願いします！」

目頭が熱くなった。会長が認めてくれたような気がした。伝わるんだ。気持ちが伴った行動は、伝わるんだ。体に力がみなぎる。つらいはずの練習を早くしたくてたまらなくなった。

毎日朝練を続けていることを、トレーナーの平田さんに話したら、まさかの注意を受けた。疲れが蓄積していくとオーバーワークになるということだ。という訳で、週に一日は、完全休養日を設けるようにした。

今日はその休養日。僕はアキバに来ている。休みといえばアキバでしょ。最高の癒しのスポット。

そんな癒しスポットで体も心も休めるはずだったんだけど、考えることはボクシングの事ばかりだった。

前回の試合、自分がどんなボクシングをしていたか客観的に見たくなった。次回の試合に活かすために。

知り合いに映像を撮ってないか聞いてみたところ、さすがに映像はなかったが、写真を撮ってくれている人がいた。オタク仲間のみおちゃんだ。

みおちゃんとＳＮＳで連絡を取り合い、今日、その写真を見せてくれることになった。データを送ってくれればいいのに、会って直接見せたいのだと。みおちゃんがこわくて、断ることができなかった。写真見せてもらって、できればデータももらって早いところ退散しよう。そうしよう。

約束のカフェに入った。アニソンカフェ。アニソンが流れ、店員さんはアニメキャラのコスプレをしている。本当は一人で入って、店員さんをじっくりと堪能したいんだけどなぁ。

約束十分前なのに、みおちゃんは、すでに店内にいた。

「遅い」

「ごめんなさい」

思わず謝っちゃった。ぜんぜん遅くないのにー。

「ここ、いいお店でしょ。コスプレもほとんど手作りでクオリティ高いんだよね。この良さが分かる、好きな人と来たかったんだ」

「えっ？」

やばい。店員さんに見とれてて聞いてなかった。

「べ、別にあんたのことじゃないんだから」

「は、はぁ。そ、そうだ。試合の時の写真、見せてください」

みおちゃんは、タブレットPCを出して、写真を見せてくれた。

一枚目は、ガウンを着ている僕だ。試合がはじまる直前。緊張しているのが写真を通しても分かる。

次の写真は…、ガウンを着ている僕だ。横からの。

その次の写真は…、ガウンを着ている僕だ。斜め後ろからの。

その次の写真は…、ガウンを着ている僕だ。後ろからの。ガウンがメインの写真…。

ガウンは恥ずかしくなって脱いじゃったんだけどな…。そんなこと口が裂けても言えない感じだ。

ガウンを着ている僕の写真が続いた後、突然みおちゃんのコスプレ写真に変わった。

「あれ？　これで全部？」

「うん」

なぬー!?

「ガウン似合ってたね。べ、別にあんたを褒めてるわけじゃないからね。ガウンが会心の出来だったから。でも…それを差し引いてもすごく似合ってたよ」

最後の方は声が小さくてよく聞き取れなかったし、意味がよく分からない。なんだか照れているようにも見える。どうしたんだろう。

結局、僕の試合の写真は十枚ほどだった。しかも全部ガウンの写真…。試合中の写真は一枚もなかった。せめて自分のパンチのフォームだけでも確認したかった…。

その後、みおちゃんのコスプレ写真を永遠と見せられ、コスプレについての話を聞かされた。楽しそうに話をするみおちゃんを止めることはできず、一時間ほど続き、やっと開放され、お店を出た。

お店を出てからも、一緒に歩いている。そろそろ一人でフィギュアとか見に行きたいんだけど。

「今日はありがとです。駅まで送ります」

「さっきの写真のデータを渡したいんだけど、どうしようか。私の家にあるＳＤカードに入れて渡そうか？」

「えっと、そうですねぇ。どこかファイル共有サイトとか使って、ネット経由でもらえると助かるんですけど」

「じゃあ、そうする」

なんか一気に機嫌が悪くなったぞ。面倒なのかな。

「あ、あの面倒なら、いつもでいいんで、ＳＤカードでも大丈夫です」

「ネット経由で渡しますよ」

あわわ。冷たい。なんか悪いこと言ったかなぁ。

「でさ、これからどうする？」

「これから？　帰るんじゃないんですか？」

「あの、さ…。はじめての、ほら、デ、デートなんだから、もう少しいいじゃない」
デ、デート!?　これってデートだったの？　どういうこと？　みおちゃん、僕の事が嫌いじゃなかったの？
「あのさ、試合用のトランクス、つくってやろうかなと思ってるんだけど」

「ほ、ほんとに！　嬉しいです！　でもアマチュアだと、色々と規定があると思うんだよなぁ。そもそも手作りでいいのかなぁ。調べないとなぁ」

「生地とか選んでほしいし、サイズも測らなきゃね。私の家に来る？　一人暮らしだから大丈夫だよ」

　えっ？　えっ？　家？　みおちゃんの家？　みおちゃんの家に行く？　サイズを測る？　一人暮らしだから大丈夫？　な、何が大丈夫なのぉー？　頭がクラクラしてきた。

　なんて返事をしていいのか困って、モジモジしながら歩いていたら、見覚えのある人が前から歩いてくるのが目に入った。向こうも僕の事に気が付いたみたいだ。

「うん？　見覚えがあると思ったら、真人の知り合いだよな。知り合いというかパシリだったけな」

　鼻で笑う。

　そうだ。真人くんの取り巻きの一人、黒ずくめの背の高い方だ。今日も全体的に黒い。僕をひどい目に遭わせた人。真人くんの友達の中でも、冷たい雰囲気と鋭い目がすごく印象的。もちろん悪い方に。

「女連れとは生意気だな。お仕置きしないとな」

　酔ってる？　目が据わっている。危ない。

「みおちゃん、逃げて！」

「で、でも…」

「大丈夫。これでも僕、ボクサーですから」

定番のダジャレになっちゃった。偶然だからね。恥ずかしい。

「わ、分かった。誰か呼んで来るから。無理しないでね」

「うん。ありがとう。早く行った方がいい」

みおちゃんは走って大通りへと向かった。

「ほう。女を逃がして、自分が犠牲になるってのか？　王子さま気取りだな。オレは、真人みたいに甘くないぞ。とことんやるからな」

準備運動をするように肩をまわした。次の瞬間、いきなり殴りかかってきた。右のパンチ。背が高いから振り下ろすように飛んでくる。

威力はありそうだけど、大振り。はっきりと見える。斜め後ろに半歩、体をずらすだけで避けることができた。

相手はバランスを崩し、前のめりに倒れそうになる。なんとかこらえて、その体勢のまま僕を睨んだ。

「てめぇ」

前のめりの姿勢からアッパーを打ってきた。

今度は後ろに一歩下がる。パンチは空を切る。

これが素人のパンチなんだ。ボクサーのパンチとはレベルが違いすぎる。向こうがムキになればなるほど、かわいそうに思えた。

「てめぇ。ほんとにボクシングやってるみてえだな。どうせオレ達に仕返ししようとか考えてはじめたんだろ」

そんなくだらないことには使わない。ボクシングに失礼だ。だんだん頭にきた。ボクシングがどんなものなのか見せてやろうか。

拳を握りしめた。次のパンチが来たら、威嚇のパンチを打ってやる。

相手が拳を握りしめるのが見えた。来る。集中して相手の攻撃に備えた。

「おい！　もうやめろ！」

誰かの制止する声が聞こえた。聞いたことある声。真人くんだ。

「なんだよ。真人かよ。いいじゃねえか、好きなだけやらせろよ」

「もうやめろよ。そんなくだらないこと」

「くだらねぇだと。何がくだらねぇんだよ。生意気なオタクにお仕置きしてやってんじゃねぇか。こいつらすぐいい気になるからな。真人だって、オタクが気にいらねぇって言ってたじゃねぇか」

「確かに言ったけどよ。オレたち、もういい歳だろ。いいかげん卒業しようぜ」

「お前、最近面白くねぇな。いい子ぶってんじゃねぇよ」

相手の目が鋭くなる。悪意の視線が真人くんに向けられた。真人くんも鋭い視線を返す。睨みながらお互いの距離が近づく。顔がぶつかりそうな距離まで近づいた。一触即発。

長く睨みあいが続く。動くことすらできなかった。少しでも動けば何かがはじまってしまう気がした。

「くそっ。お前ら、今度会ったら覚えてろよ」

黒ずくめの背の高い方がそう言うと、さっと振り返り、立ち去っていった。

「お前ら」か。僕だけじゃなく、真人くんも含まれているんだ。真人くんの仲間だったはずなのに、こんなに簡単に敵になっちゃうんだ。なんだか寂しかった。

「ササオタ、オレの仲間が悪かったな」

「いや、あの、止めに入ってくれて、あ、ありがとう」

本当に助かった。止めてくれなければ、もしかすると僕はボクシングを悪い方向に使ったかもしれない。

「コーヒーでも飲むか」

自動販売機の方へ歩いている。ひぃぃ。財布ださなきゃ。財布を出して後を追う。

「好きなの選びな」

えっ？　真人くんが自分のお金を入れて、ボタンを押すように促す。こんなことってあるの？

「どうした？　はやく選びな」

「じゃあ、このお茶で…」

自動販売機の近くの道ばたに二人で並んで座った。な、何をされるんだろう…。

「お前…ボクシングやってるのか？」

「えっ？　あっ。うん。まだそんなにうまくないし、この前の試合も負けちゃったけど」

「試合に出てるのか!?　すげーな」

「そんな、すごくないよ！　アマチュアの試合だし。まだ一戦だけだし」

「お前はすげーよ。オレは、ずっとお前の事がうらやましかったんだぜ」

な、なんだって!?　何度もいじめたくせに。

「小学校で一度同じクラスになったこと覚えているか？」

「お、覚えてる。けど、あんまり話したことなかったような」

「マンガ、アニメ、ゲームが好き。小学生の頃からいわゆるオタクだったよな」

うーん。あの頃は自分がオタクとか思ったことなかったけど。同じ趣味の人もいっぱいいたし。いつからだろう。オタクと言われはじめたのは。

「好きなことを堂々と好きって言えるお前がうらやましかったんだよ」

「そ、そんな、堂々としてたつもりはないけど」

「オレだって、当時は好きなアニメとかゲームがあったんだ。でも教室でアニメとかゲームとかが好きとか言うと、女子はキモいとか言いやがるし。いったんオタクとか言われはじめると、仲のいいやつまでオタクって目で見る。仲間はずれにされるんじゃないかってこわかったんだ」

真人くんがアニメやゲームに興味あったなんて。真人くんは小学生の頃からちょっと大人びていて、車とかバイクとかに興味ある感じだった。でもそんなに話したことなかったから、見た目や行動で僕が勝手に決めつけただけかもしれない。真人くんは、真人くんなりに偏見に苦しんだのかも。僕と同じ苦しみを。

「今度はボクシングだろ。オレたち、腕っぷしにちょっとは自信があるけど、それでもなかなか踏み込める世界じゃない。ほんとすげぇよ、お前」

「そ、そんなことないよ。僕だって、なんとか続けるだけで精一杯で」

「でも現実にボクシングをやってるじゃねぇか。やってるとやってないの差は大きいよ」

褒められてるようでうれしかった。なによりも真人くんに言われたのがうれしかった。

「オレもさ、いまバイトしてるＢＡＲの仕事が楽しくてさ。いつか店持ちたいって思ってる。フラフラするのは卒業して本気で仕事に打ち込んでみようと思ってんだ」

「うん。真人くんならできるよ。きっと、できるよ」

おだてているわけでも、こわいから話を合わせたわけでもなかった。いまの真人くんは、今までの真人くんとは違う。そう感じたんだ。

「お前、いいやつだな。あれだけいじめたのに。オレのダチは、店なんか持てるわけねぇ。現実を見ろ、って、みんなして言うぞ」

「大丈夫だよ。本気ならきっと叶うよ」

「てめぇ。上から目線だな。すぐに調子に乗りやがる。やっぱお仕置きが必要だな」

「えっ？　ご、ごめん、ごめんなさい」

「冗談だよ。ちょっとやりすぎたか。悪い、悪い」

真人くんが声を出して笑っている。僕は苦笑い。冗談きついよ。

でもすごくうれしかった。真人くんとこんな風に話せる日が来るなんて。真人くんも色々と悩み、苦しんでいる。その一部を少しだけ垣間見ることができた。いや見せてくれた。見せてくれたことがうれしくて、何か力になれることがあれば、力になりたいと心から思った。

真人くんと別れ、僕は帰りの電車に乗っていた。休日の電車は、どこかゆったりとした時間が流れていた。いつもはまぶしいだけの夕日も、暖かく包んでくれる。今日の出来事を思い出し、幸せな気持ちに浸っていた。その時、携帯にメッセージが届いているのに気が付いた。

＞いまどこ？　大丈夫？　警察の人連れてきたんだけど。

＞どこにいるの？　ひどいことされてない？

＞大丈夫なの？　連絡ください！

＞交番にいます。連絡ください。

＞連絡できないの？　心配だよぉ。

しまった。みおちゃんほったらかしだ…。

＞連絡遅くなってごめん。なんとか助かりました。助けを呼んでくれてありがとう。

すぐに返信が来た。

＜いまどこにいるの？　怪我はない？　すぐに行くよ。場所教えて。

やばい…。

＜帰りの電車の中です…。怪我とかもありませんのでご心配なく。

＜ちょっ。あんた！　交番に行って、警察まで連れて来たんだよ。心配したのに！　心配して損した！　もう知らない。バカ！　バカ！　バカ！

うぅぅ。こういうときなんて返信したらいいんだろう。世の中まだまだ分からないことばかりだ。とりあえず帰ったらネットで調べてみようっと。

試合が一ヶ月後に迫っていた。ジムでの練習もハードになり、そのハードな練習にも耐えられるようになってきた。毎日、平田さんがミットを持ってくれている。たまに会長も持ってくれるようになった。

平田さんと会長のミットは全然違った。平田さんが違いを丁寧に教えてくれた。決定的に違うのは、距離ということだ。

平田さんは選手に気持ちよくなってもらうために、パンチが当たる瞬間に前に押し出しているそうだ。そうするとミートして気持ちいい音が出る。

会長は逆に当たる瞬間に後ろに引いている。その差たったの一センチ。会長のミットをクリーンヒットさせるためには、当たる瞬間までしっかりと見て、さらにミットを打ち抜かないといけない。

この距離感の違いをつかむのは難しく、つかめば飛躍的にうまくなるという。さらに防御でこの距離感をつかむと、当たる瞬間で体をずらすことができるようになり、ダメージも最小限にできるらしい。ミットで実感したたった一センチで、こんなにも劇的な違いをもたらすなんて、ボクシングは奥が深い。

ボクシングは、「距離感」「リズム」「スピード」「タイミング」があれば力がなくても勝てる格闘技。だから僕でもできるんだ。

でもこれらのスキルは一人で習得できるものじゃない。やっぱり実戦練習が一番重要なのだ。

彗星ジムでの実戦練習は、平田さんがマスボクシングをしてくれた。しかし、スパーリングはほとんどやっていない。彗星ジムはアマチュア専門で女性が多い。女性で実戦の試合に出てる人はいるけど、さすがに女性とは本気ではスパーリングしにくい。男性は、ダイエットや運動不足解消がほとんど。昔ボクシングをやっていた人はいるけど、本気でスパーリングをできる人はいない。

もっと実戦練習がしたい。試合に近づくにつれ、気持ちも焦りはじめた。

そんなある日。リングの上でシャドーボクシングをしていると、彗星ジムの扉が開き、見覚えのある人が入ってきた。まさか。なんでここに？

「よう。ストーカー。久しぶりだな」

僕に向かってストーカーって言った!?　間違いない！　あこたんの彼氏でプロボクサーの宮本さんだ。

「な、なんでここにいるんですか？　というかストーカーじゃないですって！」

宮本さんは、声を出して笑っている。冗談のつもりかもしれないけど、広まったら大変だ。

宮本さんが来たことに気が付いた平田さんが駆けつける。

「宮本くん、わざわざ来てくれてありがとう」

「いえ。こちらこそ。ちょうど自分のボクシングを見直す時期だと思ってまして。教えることで新しいものを見つけられるかもしれない。いい機会です」

「いやー。助かるよ」

「佐々木君、知ってると思うけど、改めて紹介するね。プロボクサーの宮本くん。スパーリングパートナーとして来てくれたよ」

「スパーリングパートナー？　誰のですか？」

「佐々木君の」

「へー」

一瞬理解できなかった。

「えっ⁉　僕の？　本当ですか⁉」

「ほんと」

宮本さんが含みのある笑顔で頷く。「容赦しないからな」と心の声が聞こえる。ひぃぃ。

「生野さんがお願いしてくれて、これから三週間ほど来てくれることになった。女子の指導もしてくれるそうだ」

「そういうことだ。スパーの準備ができたら声かけてくれ。いつでもボコボコにしてやるからな」

声を出して笑っている。冗談のつもりらしいけど、僕はまったく笑えない。

「そうそう。ダブルパンチはもう通用しないからな」

今度は平田さんが声を出して笑う。僕はまったく笑えない。あの時の恐怖と緊張感がよみがえる。

まさかまた宮本さんとスパーリングする日が来るなんて。実戦的な練習ができるのは助かるけど、できればもう会いたくなかったのに。まだあこたんとは付き合っているんだよなぁ。別れてくれないかなぁ。宮本さんを僕がボコボコにして、あこたんにかっこいいところを見せられたらいいのに。その逆をいっぱい見せてしまうことになるんだろうな。複雑な気持ちのまま僕はスパーリングの準備をはじめた。


あっという間に試合前日になった。宮本さんとほぼ毎日スパーリングをこなし、実戦的な練習にもついていけるようになった。まぁ、ボコボコにされる日々が続いたわけだけど。

宮本さんのボクシング理論が「ケンカが強い人は、殴られ慣れている。普通に生活していると、殴られる経験はあまりないからだ。殴られることに慣れろ」ということだから容赦しない。というか「ケンカ」って言っちゃってるよ。すでに「ボクシング理論」じゃない。もちろん本人には言ってないけど。言ったらさらにボコボコにされることは目に見えてる。

おかげで実戦には慣れた。というか殴られ慣れた。前回の試合の前日は、何をやっていたかすら思い出せないぐらい怖くて不安で、緊張もピークだったのに、今回はすごくリラックスできている。

ご飯も食べたし、お風呂も入ったし、明日の準備も万全。あとはもう寝るだけだ。明日に備えてゆっくり休もう。ボクシングマンガの好きなシーンだけ見ようかな。「あしたのジョー」のカーロスとのスパーリングシーンと「はじめの一歩」の小橋健太が日本チャンピオンになるシーン。どっちも過去の自分に打ち勝つという僕にぴったりのシーンだ。

「あっ。お兄ちゃん」

部屋に向かう途中の廊下で妹の奈菜に会った。全身をマジマジと見ている。またきもいとか言われるな。小さい頃は仲よかったのに。いつからだろう、きもいとか言われるようになったのは。

「お兄ちゃんさー。ボクシングやってるの?」

「な、なんだよ。何やろうと自分の勝手だろ」

予想外の言葉にあたふた。

「やっぱりそうなんだー」

バレてたのか。まぁ、朝練とか、バンテージとかの洗濯物で分かるかな。どうせ似合わないとか、続くはずないとか、バカにされると思ったから言ってなかった。

「最近のお兄ちゃん、なんだか、ちょっとかっこいいよ」

「な、な、なんだよ。変なこと言うなよ。き、気持ち悪いなぁ」

「試合とか出るの？　出るなら教えてね。友達と応援に行くから」

そう言って自分の部屋に入っていった。

試合、明日だけど…。とは絶対に言えないな。本当に応援に来られたら困る。困るというか戸惑う。すでに戸惑ってるけど。まさか「かっこいい」なんて言われるとは。妹からでもうれしいもんだな。もっと自信がついたら、胸を張って家族に言おう。家族で応援に来るかな。恥ずかしいし、戸惑うけど、うれしいだろうな。スキップで自分の部屋へ戻り、鏡の前で何度も何度もワンツーを放った。


試合当日。天気は快晴。少し風が強く、風が体を吹き抜ける。会場は、前回と同じ、自動車会社の体育館だった。前回と同じ道を歩いている。なのに前回とまったく違って見える。静かで寂しい道かと思ってたけど、よくみると色んなお店が並んでいた。前回はお店があることすら気が付かなかった。

会場につくと、すでに平田さんとあこたん、その他三名ほどの彗星ジムの女性メンバーがいた。

「コジロー君。今日もがんばろうね」

あこたんだ。やっぱりかわええ。君が一番だ。他の女性が目に入らないぐらい。

実際、彗星ジムの他の女性のことは名前すら知らない。あまりにも失礼かなぁ。ちょっと反省。

「さて、全員そろったね」

平田さんが真剣な眼差しで話しはじめた。

「今日のスケジュールですが、午前中が女子の演技の部、午後十三時から実戦です。女子の実戦が二試合あり、その後、男子の実戦になります」

今回は女子の実戦があるのか。女子が本気で殴り合う姿を想像すると、怖いような、見たいような、複雑な気持ちになる。

「彗星ジムからの出場は、女子演技に三名、男子実戦に一名です」

今回も彗星ジムからの男子出場者は僕だけだ。

「なお、今回の女子演技の部は、全国大会の予選を兼ねています。一位の選手はそのまま東京都代表となり、来月の全国大会に出場できます」

女子演技は、実戦の試合に出るために必要なC級という資格を取るためと聞いていたけど、それ自体がちゃんとした競技になっていた。

だから得点が与えられ、順位がつく。

C級の上にはもちろんB級やA級もあり、地域大会や全国大会で得点を上げることで獲得することができる。

今回は、全国大会の予選を兼ねている。なので、すでにＣ級を持っている人も多く出場する。前回よりもレベルが高い。

そんな大会に、なんとあこたんが出場するのだ。もちろん目標は一位の全国大会出場。

前回の試合ではダントツにうまかった。ペース配分をミスして、後半スタミナ切れになってしまったけど、スタミナが持てば間違いなく上位だった。今回も期待せずにはいられない。何より本人が前回のリベンジする気満々だ。あこたん応援してるからね。全国大会で表彰台に立つあこたんが見てみたいなぁ。

それにもし、全国大会でも上位になったりしたら、コスプレイヤーとしてもチャンスなんじゃないだろうか。美人でボクサーでコスプレイヤー。メディアがほっくわけないよね。活動の幅も広がるだろう。有名になったらどうしよう。うれしいけど、僕だけのものでいてほしいなぁ。いや、そりゃ僕のものじゃないって分かってるよ。もっというと彼氏のことも知ってるけど。夢ぐらい見たっていいじゃない。

妄想している間にも、平田さんの話は進む。

「試合に出る人は、九時半に点呼があります。準備をしてリング前に集まるように。いよいよ本番です。練習してきたものを出し切りましょう」

会場の空気が緊張を纏っている。女子演技の部が、始まろうとしていた。今回の女子出場者は全部で十五人。前回よりも多く、五人ずつ三組で実施するようだ。前回は四人ずつだった。五人になるとリングの使い方がだいぶ変わる。ぶつかったりすると最悪だし、ぶつかるかもって気にすると、萎縮していい演技はできない。

今回も出場者は番号が書かれたビブスをつけている。またあこたんのビブス姿が見れるなんて幸せ。むふふ。

あこたんのビブス番号は三番。一組目だ。ストレッチしながら開始を待っている。あっ。あこたんと目があった。あこたんが右拳を見せて、笑顔を見せて頷いた。僕も右拳を見せて、何度も何度も頷き返した。

「調子に乗るなよ。ストーカー」

後ろから聞き覚えのある声がした。もしかして…。恐る恐る振り返る。ひぃぃ。やっぱり宮本さんだ。調子に乗ってごめんなさい。怖いけど、見に来てくれたことがうれしかった。いるだけで心強い。あこたんも同じ気持ちだろう。

一番から五番までが呼ばれてリングに上がった。いよいよ試合開始だ。

内容は前回と同じだった。

基本のパンチとステップ。男子と二人一組になってのディフェンス。

今回は、ペース配分は大丈夫だろうか？　五人の中では、あこたんがダントツにうまかった。周りの選手よりもパンチもリズムも速い。パンチが速い分、必然的にパンチの数も増える。前回よりもリズムも速く、パンチの数もはるかに多い気がした。

それでも、前回と比べると余裕が見られた。体が自然体というか、無駄な力が入っていない。風に乗って舞っているように身軽で、綺麗でかっこよかった。こりゃファンが増えるな。男どもよ、もう見るのをやめてくれ。

ディフェンスまで終わり、リングの上での最後の競技、シャドーボクシングになった。

五人でのシャドーボクシングはやりにくそうだった。そんな中、あこたんは、他の人をかいくぐりながら、華麗に舞った。ダンスをしているようで、なのにちゃんとボクシングだった。試合をしているかのごとく対戦相手が見える。スタミナも心配なさそうだ。安心してほっと一息ついた時だった。

相手をコーナーに追い詰める動きをした。コーナーに向かってラッシュをかけるあこたん。

そこに、他の二選手がバックステップでコーナーに近づいた。三人が背中を合わせる形でコーナーに密集している。誰かがバックステップすれば当たる距離だ。

コーナーに向かってラッシュしているあこたんは、コーナーと二人の選手に挟まれている。身動きが取れない。

そんな状況で、あこたんがバックステップでコーナーから距離を取ろうとした。

「あ、危ない」

思わず声が出た。ぶつかる。っと思った瞬間、あこたんはクルッくるっと体を反転させ、二人の選手を華麗にかわした。

「おおー！」

会場もどよめいた。

あこたんは何事もなかったかのように、リング中央でシャドーボクシングを続けている。誰でもがあこたんに釘付けだった。

女子演技の部の結果が張り出された。あこたんの成績が楽しみだ。結果の周りには人だかりができている。

「生野さん、すごーい！」

賞賛の声が聞こえた。な、なんだと！　ということはもしかして！

人だかりをかきわけ、結果を覗き込む。

あこたんは…、二位。

彗星ジムのメンバーは大喜びであこたんの両手をつかみ、飛び跳ねている。あこたんの表情は浮かない。

あこたんと目が合った。そっと立ち去ろうと思ったけど、そうもいかなそう。

「あの、お、おめでとう」

「うん。ありがとう」

「正直、一位を狙ったんだけどね。もう少し足りなかったみたい」

先ほどの表情で分かった。一位とは僅差だった。三位とは差がついている。一位の人がすご過ぎたんだ。それでも手が届く位置にあった。それだけに悔しい。

「私、いつもこうなの。もう一歩ってところで届かない。コスプレイヤー以外の話も来るようになったのに、いつも最終オーディションで落ちちゃうんだ」

言葉に詰まる。なんて言っていいか分からなかった。

「でもね。私あきらめない。次は一位になってみせる。前回は実質ビリだったんだもん。そこからここまで来れたんだ。やればできるよね」

前向きだった。今度は強がりではない。目が本気だ。あこたんなら大丈夫。次も応援しよう。ずっとずっとあこたんの味方だからね。心に誓った。

今度は僕の番だ。女子演技の結果の横に、実戦の対戦表が張り出された。僕の対戦相手は、松本さん、Ｗ大学所属。なんと、前回と同じＷ大所属だ。リア充め。今度こそ一泡吹かせてやる。なんて思ってみたり。

戦績は二戦一勝一敗。試合数も僕よりも多いし、一勝している。完全に格上。うーん。厳しい相手だ。簡単な相手なんていないけども。

会場では、女子実戦の部がはじまろうとしていた。女子実戦は、二試合。ライトフライ級とバンダム級の試合が予定されていた。バンダム級だと僕と同じ階級だ。僕よりも強かったらどうしよう…。

女子選手がリングに上がった。やっぱり女子は男よりも線が細く、グローブとヘッドギアが大きく見えた。子供が大人の服とか着てるような、ちょっと不恰好。

ゴングが鳴った。

両選手、勢いよくコーナーを飛び出し、リング中央で対峙した。お互い同時にパンチを繰り出した。相打ち。両者とも綺麗にヒットした。次のパンチも、その次のパンチも。どちらも怯まなかった。中央で堂々と殴り合っていた。

女子の本気の試合を、はじめて見た。子供が大人の服を着ているみたいと思ったことを謝りたい。目の前には本物のボクサーがいた。男とか女とか関係なかった。胸が熱くなり、目頭も熱くなった。本気で戦うことの美しさを見た。負けてられない。僕だって、やれるんだ。

試合を最後まで見ずに、隣のフロアに向かった。気持ちが昂ぶっているうちに準備をしよう。体と心に全部を込めて、試合で開放するんだ。

ジャージを脱ぎユニフォーム姿になった。鏡の前でシャドーボクシングをする。以前は人前でシャドーボクシングをしているのを見られるのが恥ずかしかった。

下手だとか、しょぼいだとか、そもそもお前ごときがボクシングなんてするんじゃねぇ。って言われてる気がしていた。

いつしかそんな気持ちはなくなった。すると目の前に対戦相手が見えるようになってきた。シャドーボクシングは、ボクシングのマネごとではなくて、対戦相手の影との戦いだったんだ。

今も平田さんが目の前に見える。指導しながら丁寧に、かつ、時には厳しく、相手をしてくれている。平田さんが熱心に教えてくれたのは、「距離」だった。「当たる瞬間には、一センチずらせ」「当てる瞬間には、一センチ奥へ」自ら体を張って教えてくれた。平田さんのパンチを一センチずらしディフェンスをし、パンチを返す。平田さんに当たる瞬間、一センチ奥へ打ち抜いた。

今度は、宮本さんが見えた。宮本さんはファイタータイプだった。ガンガン前に来て、あっという間に懐に入ってくる。気が付くと、ボディにパンチが入っていた。重くて、苦しい。シャドーボクシングなのに、思い出して、体がくの字に曲がる。こらえろ。こらえたらチャンスが来る。宮本さんが「よくこのパンチに耐えたな」って意外そうな表情をしている。その表情で少しは強くなったんだと実感し、うれしくなる。

「コジロー君、そろそろ準備した方がいいよ」

いつの間にかあこたんが横にいた。集中して気が付かなかった。

「あっ、はい。ありがとうです」

マウスピースをして、ガウンを着た。そう、みおちゃんが作ってくれたガウンだ。アマチュアではガウンは着る人はいないそうだ。それを知って前回は恥ずかしかった。だけど、もう恥ずかしくない。だって、オタク仲間みんなの気持ちがこもっているんだ。背中の「アイドルライフ」のキャラクターたちも素敵だろ。胸を張って見せびらかしてやる。

リングサイドには、平田さんがグローブを持って待っていた。ガウンを見て笑った。バカにした笑いではなかった。理解のある温かい笑いだった。

平田さんとあこたんが片方ずつグローブをはめてくれた。僕のためにこんなにも力になってくれる人は今までいなかった。

ボクシングを本気ではじめてから、人との心の距離が近い。今までどこかで距離を取っていた。たとえオタク仲間であっても、心を開くのが怖くて、人の心に踏み込むのは怖くて。ボクシングで自分をさらけ出すことになった。するとみんなも本音を話してくれたり、本気で向き合ってくれたり。すごく居心地がいい。

前の試合が終わった。いよいよ僕の番だ。

なんだろうこの感じ。心臓はドキドキして、気を抜けば倒れそうなほど緊張しているのに、じわーっと胸の辺りから温かいものが湧き出すような感覚。不思議と周りもよく見える。特に天井。いつもはまったく気にしない天井がはっきりと見える。そういえば静かだ。目を閉じると、友達一人一人の声が認識できるほど。

「いよいよコジロー殿の試合ですな。皆で応援しましょうぞ」

「なんだかこっちまで緊張してきた。無事生きて帰ってきてくれよな」

＠カイエン氏とオタク仲間の声だ。やっぱり落ち着く。

「怪我なんてしたら許さないいんだから。試合が終わったら、この前のお詫びをしてもらうんだもん」

みおちゃんだ。みおちゃんらしい。

なんだろ。こんな時に。目頭が熱くなってきた。こんな僕を応援してくれるなんて。応援ってこんなにうれしいんだ。知らなかったなぁ。アイドルとかは応援してきたけど、身近な人を応援するってなんだか恥ずかしいというか、くすぐったい感じがして今まで避けていた。これからは身近な人も応援していこう。

平田さんが軽く背中を叩いた。「いくぞ！」って合図。僕は目を開けて、両拳を二度叩いて気合を入れる。グローブのはじける音が響く。革っぽくしてあるけど明らかに科学的なビニール素材を叩く音。これが気合が入るから不思議だ。

リングへ続くたった三段の階段を、ゆっくりと踏みしめながら上がる。一段ごとにいままでの出来事が蘇る。過去の自分とボクシングをはじめた自分。最後の一段を上る時、出会った人たちの顔が浮かんだ。過去の自分と今の自分はボクシングによって明らかに変わった。だけど変わらないこともある。僕は今もこれからもずっとオタクだ。オタクだったからこそボクシングにもハマれたんだ。オタクであることを誇りにロープをくぐりリングへと降り立った。

リングの上から、四方八方へお辞儀をした。感謝の気持ちを伝えるために。それと、ガウンを見せびらかすために。

「なんだありゃ」

バカにする声と、笑い声が聞こえてくる。でも気にしない。僕にとっては宝物なんだ。

ガウンを脱ぐと、リング下のあこたんが受け取ってくれた。そして、そのまま袖を通した。えっ！　着てくれるの？　びっくり。やっぱりあこたん最高だ。

「続きまして、バンダム級の試合を行います。赤コーナー、W大学所属、松本くん」

試合のアナウンスがはじまった。

「松本ー！　ファイト！」

W大学の息のあった応援が飛ぶ。

「青コーナー、彗星ジム所属、佐々木くん」

「コジロー殿！　ファイトですぞー！」

オタク仲間の応援だ。数では負けてるけど、気持ちは負けてない。どんどん体が熱くなっていく。みんなの力を分けてもらったかのように力がみなぎる。みんなには何にもメリットはないのに、遠くまで来て、応援してくれている。お返しをしたい。せめて全力で戦うんだ。


レフリーの合図で、相手選手と軽くグローブを合わせ、会釈をする。相手と目があった。気合が入っている。僕だって負けていない。やってきたことをすべて出してやる。

「一回目」

まずはガードを上げよう。ガードは下がりがちだ。ガードが低いせいで何度も痛い目に合った。いつもの姿勢。猫背でしっかりとガードをして隙間から相手を見る。自分を見直すことで気が付いた。これが僕には合っているんだ。

あっ！　相手のガードが低い。肩ぐらいまで下がっていて、顔はまったくガードされていない。チャンスだ。

ダッシュで相手の元へ向かい、ジャブを放った。クリーンヒット。相手もすかさずジャブを返してくる。

えっ？　パンチが見える。実戦練習のおかげだ。宮本さんに比べたら全然遅い。グローブではじき、ワンツーを放った。またもやクリーンヒット。よし、このままラッシュだ。

「ガードを上げろ！　松本！」

W大学の応援団の中から声が上がる。相手選手に声が届いたのか、腕全体でガチガチに顔をガードした。ラッシュしたパンチはすべてガードされる。

しまった…、一気にラッシュをかけたせいで、息が上がってしまった。腕が重い。相手選手は、そこを見逃さなかった。右に回り、ワンツーを打ってきた。すぐに相手の方を向きガードで吸収する。構わず前に出てきた。潜り込むように懐に入ってきて、ボディを打ってきた。

痛い。けど、痛くない。宮本さんのパンチに比べたら全然だ。散々、宮本さんにやられたおかげだ。「やられたおかげ」ってなんか変だけど。

パンチも見えるし、当たっても耐えられる。いける。いくぞ。

体をぶつける勢いで相手に向かった。相手も体をぶつけてきた。リング中央で押し合いになる。腕で相手を突き放し、強引に距離を取った。パンチが伸びる距離だ。

ジャブを三つ放つ。ガードはされているが、相手は後退する。

もう一度、体をぶつけにいった。またも相手と押し合いになった。だけどさっきとは位置が違う。これを狙っていた。腕で相手を突き放した。相手は後退した。そこにはロープがあった。相手の体はロープに当たり、ロープの反動で戻ってくる。そこに思いっきり、右ストレートを合わせた。

会場に派手な打撃音が響き渡る。手ごたえがあった。しかし、相手のガードの上だった。ガードはやぶれなかったが、僕が押しているように見えるはず。ポイントにはなるだろう。この調子で前に出るぞ。

と、思った瞬間、ゴングが鳴り、一ラウンド目が終了した。

「いいぞ。この調子だ。相手のガードは固いけど、ガードの上からでも打っていこう。いつかガードは開くはずだ。それに、優勢としてポイントもつく」

平田さんと思いは同じだった。力の限り前に出る。今の僕にはそれしかない。

「二回目」

ゴングと同時に相手に向かってダッシュした。相手の準備が出来る前に攻撃をしかけるんだ。ワン、ツー、ワン、ツー。まずは四つ。すべてガードされた。まだまだいくぞ。ジャブ、ワン、ツー。手を休めるな。きっとガードは開くはず。

ボクシングは、一人で戦う孤独なスポーツだと思っていた。それは違った。パンチを打つたび、パンチを打たれるたび、一つ一つの動作に様々な人の顔が浮かんだ。ボクシングの動きは単純だけど、奥が深く、どれも一人で習得できるものではない。一緒に練習して、一緒に戦って、時には倒されて。そうしてボクシングを覚えていく。

みんなで作り上げたボクシングをいまこそ披露する時なんだ。

ワン、ツー、ワン、ツー。立て続けに四つ。ボクシングをはじめた頃、四つ連打するだけでも息が上がった。いまは平気に打てるようになった。

踏み込んでからの左フック、右アッパーのコンビネーション。フックとアッパーは難しくて、最近やっとまともに打てるようになった。ストレートに比べ、距離も近づく必要がある。勇気も必要なパンチだ。

アッパーがボディをかすった。ボディを意識して、相手が体を丸めた。ガードはよりいっそう固くなる。

これでもガードが開かないのか。くっそー。こうなったら思いっきり力を込めてパンチを出してやる。

右ストレートを力いっぱい放った。

うっ。

相手の左のカウンターをくらった。大振りになったところを狙われた。けど、チャンスだ。ガードが開いている。

ジャブを返した。開いたガードの間を抜けて、顔にヒットした。相手が右ストレートを返してくる。こちらも負けずに右ストレートを放つ。

打ち合いになった。無我夢中でパンチを放つ。何発打っただろうか。何発食らっただろうか。酸素が足りない。朦朧としてくる。でも、まだやれる。まだやりたい。

カーン。

「ストップ！」

ゴングが鳴り、レフリーが割って入ってきた。

二ラウンド目が終わった。フラフラになりながら、平田さんの待つコーナーへと戻る。

「よし。体力は大丈夫か？　まだやれるな？」

「はい」

「ラスト二分。たった二分だ。全力で行け」

たった二分。たった二分が長いことは、ボクサーなら誰でも知っている。

「あの…僕、ボクシングできてますか？」

ふと聞きたくなった。自分が戦っている姿を客観的に見たことないから。

「ああ、立派なボクサーになった。胸を張れ」

何者でもなかった僕が、ボクサーになれた。今度は勝者になりたい。

深呼吸をした。もちろん平田さんも一緒に。リング下のあこたんも一緒に深呼吸していた。

「三回目」

最終ラウンドがはじまった。

体は疲れている。気を抜いたら倒れてしまいそう。なのに…楽しい。顔に自然と笑みが浮かぶ。苦しいはずなのに、不思議と力が出てきて、練習通り、いや練習以上に体が動く。フットワークも軽く、あっという間に相手にパンチが届く距離に入った。

基本通りのジャブを放つ。距離を測るジャブ。相手もジャブを返してくる。

ジャブを二つ放った。相手もジャブを二つ返してきた。相手の周りを回りながらジャブを三つ放った。すべてガードされた。

しばらくジャブの打ち合いと距離の取り合いが続いた。このままだと埒が明かない。攻めないと。

ここはもう一歩踏み込んで、相手の懐に入り、ボディを狙おう。顔はしっかりとガードされている。ボディに攻撃を集中して、ガードを下げさせるんだ。

ジャブを放ち前に出た。相手がジャブを返してくる。そのジャブをかいくぐる。相手の右フックが見えた。右フックをかわしながら、懐に潜り込む。右フックが頭をかする。よし、懐に入れた。ここでボディだ。

おっと。踏み込んだ左足が滑って、ひざをついてしまった。スリップだ。せっかく潜り込めたのに。

「ダウン！」

「えっ⁉」

ちょっと待ってよ。スリップだって。首を振ってアピールするが、カウントは進んでいく。レフリーに抗議すると失格になってしまうかもしれない。これ以上のアピールは無理だ。仕方なくファイティングポーズをとる。

「ボックス！」

やばい。やばい。やばい。再開はしたものの、ダウンとられたのはきつい。ポイントにも大きく影響する。どうしよう。どうしよう。頭が熱くなり、心臓の鼓動も大きくなる。

「松本ー！　一気に畳み掛けろ！」

相手側の応援が沸く。相手が一気に向かってきた。

相手のパンチを顔面にくらった。あれ？　なんでパンチが当たるんだ？　ガードしたはずなのに。とにかくパンチを出さなきゃ。ジャブを放つ。ジャブはかわされ、同時に相手の右ストレートをくらった。

なんで？　なんで相手のパンチが当たるの？　さっきまではガードできてたのに。

何が起きてるの？　何がなんだかわからない。

もう一回ジャブを放つ。やっぱりジャブはかわされ、右ストレートをくらった。

さっきのダウンで何かが変わってしまったみたい。頭は混乱し、体も思うように動かない。もうだめだ。もう十分戦ったよね。もういいよね…。

「落ち着け！　まだ時間あるぞ！　諦めるな！」

あの声は…、宮本さんだ！

「ガードを上げて、相手をよく見ろ！」

今度は会長の声。

二人とも大きな声を出すタイプじゃないのに。

「コジロー殿、みんながついているですぞー！」

オタク仲間のみんな。

「コジロー君、練習を思い出して！」

あこたん。

そうだ。基本を思い出そう。あれ？　いつの間にこんなにガードが下がっていたんだ？　ガードを上げる。両拳を顔につけた。

相手のパンチが飛んできた。しっかりとガードできた。バックステップで距離を取る。相手が向かってくる。んっ？　相手のガードが低い。

バックステップを途中で止め、一気に前に切り替えした。その勢いで右ストレートを放つ。クリーンヒット。よかった。まだやれる。

基本通りのジャブを放つ。続けて基本通りのワン、ツー。相手が怯んだ。ここだ。左足をしっかりと踏ん張って、右足のつま先で蹴るように腰を回し、その勢いで右腕を伸ばす！　そして、当たる瞬間に拳を内側にひねるように打ち抜く！

相手のガードの間を右ストレートがすり抜けた。顔にクリーンヒット。今まで数えきれないぐらいのパンチをサンドバッグに放ってきた。そのすべてがこの一発のためだったと思えるぐらい会心のパンチだった。相手がフラついた。チャンスだ。倒せるかも。ラッシュするぞ。

カーン。

行こうとしたその時、試合終了のゴングが鳴ってしまった。相手選手はよろけながらコーナーへ戻っていく。その姿を見届け、僕もコーナーへと戻った。

試合は終了したのに、心臓は高鳴り、緊張していた。もうすぐ試合結果が発表される。レフリーの横に立った。レフリーが両選手の腕を取る。勝者の名が読み上げられた時、この腕が掲げられる。

やれることはやった。ただ、三ラウンド目のダウンが悔やまれる。明らかにスリップなのに。しかし、いまさら何を言っても遅い。終わったことなのだ。

判定の集計が終わったようだ。会場が静寂に包まれ、結果を待っている。

「ただいまの試合の結果は、赤コーナー、松本くんの判定勝ちでした」

レフリーが勝利者の腕を掲げる。高く。高く。

会場に歓喜の声が響く。同時に落胆の声も上がった。落胆してくれる人がいた。僕を応援してくれた人がいた。その想いに答えられなかった。

足が重い。なんとかリングを降りる。体が僕のものじゃないようだ。自分の体を動かしている感覚がない。頭の中に白いモヤがかかっている。

「おつかれさま。よくやった」

平田さんが優しく肩を叩く。

涙があふれてきた。止まらない。人前で泣くなんて恥ずかしい。でも止まらない。

悔しい。悔しくてたまらない。あと一歩で勝利に手が届きそうだったのに。頭の中の白いモヤが世界を包んだ。

「コジロー君、一緒にがんばろ。次は絶対に勝とうよ」

「コジロー氏、かっこよかったですぞ。次もみんなで応援しますからな」

「惜しかったな。判定はあと一ポイントだった。最後のダウンがなければな。次は絶対勝つぞ。どんなパンチにも耐えられるように鍛えてやる」

「仕方ない。結果は結果だ。今は敗北を受け入れろ。しかし、その想いは必ず次につながる。切り替えて前を向け。まだ次がある」

　まだ涙が止まらない。でも泣いてばかりいても何もはじまらない。せっかくみんながいるんだ。せっかくみんなが力を貸してくれているんだ。せっかく変わることができたんだ。前を向こう。

　精一杯の笑顔を作り、顔を上げた。みんなの心配そうな表情が一気に笑顔に変わった。こんなに心配してくれる人がいるなんて、僕は幸せものだ。僕は一歩踏み出した。新たな一歩を。みんなと共に。

第４Ｒ『リベンジ』完

最終R・エピローグ『運命のゴング!!』

後楽園ホール。言うまでもないボクシングのメッカ。今、ここである試合がはじまろうとしている。

それにしても、まさか僕が後楽園ホールに何度も足を運ぶことになるなんて。以前の僕は、後楽園ホールとは無縁だったのに。

会場の照明が落とされた。ざわついていた観客の声が徐々に小さくなり、声一つ聞こえなくなった。まるで夜の森のような静寂が訪れた。リングの中心にスポットライトの光があたる。光は夜の森に注がれた月明かりのようだった。それはすべてを温かく包み込むと同時に、これから起きる未来を暗示していた。

光の中、人の影が浮かび上がる。

「ただいまより〜本日のメインイベント〜日本バンダム級タイトルマッチを開催いたします！」

光の中くっきりと浮かび上がったリングアナウンサーが独特の口調でアナウンスする。声は静寂の会場に響き渡る。

「なお、このタイトルマッチは、前王者が世界挑戦のためベルトを返上したことによる、一位と二位との日本王者決定戦となります！」

会場がざわついた。静寂がやぶれ、熱気が波紋のように広がっていく。

「それでは選手紹介です！　赤コーナー117ポンド2分の1〜日本バンダム級一位〜宮本〜武〜！」

待ってましたと言わんばかりに、ワァーとウォーが入り交じった大きな歓声が上がった。会場が震える。それに答えるようにグローブに包まれた拳を高々と掲げた。さらに歓声が大きくなる。

みんなの歓声に応えながらも、目線はただ一人に向けられていた。あこたんだ。何かを決意したように大きく一つうなずいて見せた。

歓声が小さくなっていくのを確認してから、アナウンサーはマイクを持ち替え、青コーナーを指した。

「青コーナー116ポンド2分の1〜日本バンダム級二位〜佐々木〜小太郎〜！」

僕の名前が後楽園ホールに響き渡った。宮本さんの歓声に負けないぐらい大きな歓声が上がる。不思議な感覚だった。僕の名前が後楽園ホールで呼ばれることも。僕のことを応援してくれる人がこんなにいることも。

リングの四方八方に深々とお辞儀して回った。

「いいぞー。今日もがんばれよー」

いつからかこれが恒例のパフォーマンスになっていた。ただただみんなに感謝の気持ちを伝えたくてお辞儀しただけだったのに、いまや喜んでくれる人もいる。

応援席に@カイエン氏が集めてくれたオタク仲間が見えた。背中を向け、ガウンを指差す。

「コジロー殿、かっこいいですぞー！」

毎回オタク仲間たちがガウンをつくってくれる。背中には、今流行のアニメ「スクールジョシ」の女の子のイラストが描かれている。今一番熱いアニメだ。さすが分かってるー。

その横には、真人くんたち応援団がいた。真人くんがやっているBARの常連さん達と一緒に、応援団をつくってくれた。真人くんの友達は、オタクの仲間とは真逆の人たちがほとんど。横断幕には「ぶっ殺せ！」の文字がおどろおどろしく書かれている。

さらにその横には、彗星ジムの太田会長がどっしりと構えて座っている。周りには、彗星ジムの女子練習生たちが囲む。

うーん。なんだか不思議な組み合わせだ。ここだけ見ると何の団体なのか絶対に分からないな。

最後にみおちゃんと目が合った。祈るように手を合わせている。目があった瞬間、祈る手をはずし、僕を睨みつけた。「負けたらゆるさないんだから！」って声が聞こえてきそうだ。

レフリーが僕たちを中央に呼んだ。お決まりの注意点を話しだす。緊張はピークに達していて、レフリーの話は耳に入ってこない。

「いいね」

話が終わったようだ、両者に向かって確認を促す。両者ともレフリーの目をちらっとみて頷く。

顔を上げて、前を向いた。

宮本さんが堂々と真っすぐ近づいてくる。僕も怯まずに前へ踏み出した。ゆっくりと一歩ずつ。

両者ぶつかる寸前まで近づいた。

「やっとここまで来たか。遅いんだよ。今日は手加減しないからな」

「は、はい。僕も全力でいかせてもらいます」

宮本さんが、かすかに笑った。僕も笑おうとしたけど、表情はひきつり、うまく笑顔をつくれなかった。

いま運命のゴングが鳴ろうとしている。

まさか僕がこんな大舞台に立てるなんて。人生は何が起きるか分からない。

僕は、オタクだからと言い訳をして、自分を狭い世界に閉じ込めていた。羽ばたこうと思えばいつでも羽ばたけたんだ。ボクシングに出合ってよかった。ボクシングのおかげで多くの人たちと出会い、大きく羽ばたけた。

僕はオタクだ。アニメもマンガもゲームも好き。ただそれだけ。オタクで何が悪い。自分次第で何者にだってなれるんだ。

リングを照らすライトが眩しい。光を吸い込むように大きく深呼吸する。体と心に力がみなぎった。

オタクボクサー　完

著者プロフィール
平川 らいあん（ひらかわ らいあん）
ゲームクリエイター、シナリオライター。大手ゲーム会社で多数のタイトルを手掛け、独立。専門学校の企画シナリオ講師も務めている。
共著書に『ゲームシナリオの教科書 ぼくらのゲームの作り方』『ゲームプランとデザインの教科書 ぼくらのゲームの作り方』（ともに秀和システム）がある。

オタクボクサー

2023年12月15日　初版第１刷発行

著　者　平川 らいあん
発行者　瓜谷 綱延
発行所　株式会社文芸社
〒160-0022　東京都新宿区新宿１－10－１
電話　03-5369-3060（代表）
03-5369-2299（販売）

印　刷　株式会社文芸社
製本所　株式会社MOTOMURA

ISBN978-4-286-26091-4

文芸社セレクション

オタクボクサー

平川 らいあん

文芸社

文芸社セレクション

オタクボクサー

平川 らいあん

文芸社